嵌められましたが、幸せになりました

傷物令嬢と陽だまりの魔導師

霜　月　零

R E I S H I M O D U K I

一迅社文庫アイリス

CONTENTS

アドニス
グランゾール辺境伯。
十年前に辺境の地を
魔物の大暴走から守り抜いた
功績により、辺境伯になった青年。
めったに王都を
訪れないことから、
引きこもり魔導師として
知られている。
フィオーリ
貧乏伯爵家の長女。
根も葉もない噂のせいで
「悪女」だと言われているが、
実際は家族思いの心優しい少女。
裏庭でこっそりとする庭仕事が
趣味となっている。
植物が育っていく様子を
見ることが大好き。

嵌《は》められましたが、幸せになりました

傷物令嬢と陽だまりの魔導師

Character

アルフォンス

グランゾール
辺境伯家の執事。
アドニスのことを
敬愛しているため、
「悪女」であるフィオーリを
警戒している。

リフォル

伯爵家の子息。
フィオーリの
婚約者だったが、
「悪女」の噂を期に、
婚約を破棄した
青年。

マリーナ

男爵家の令嬢。
公爵令嬢のリディアナと
仲がよく、
大変可愛らしい見た目を
している少女。

リディアナ

ゴルゾンドーラ
公爵家の令嬢。
男爵令嬢のマリーナの
ことを可愛がっており、
親友だと思っている。

Keyword

魔ハーブ

隣国で出回っている薬草の一種。
知らない人から見ると雑草と間違われて
しまいがちな植物。

イラストレーション◆一花夜

嵌められましたが、幸せになりました　傷物令嬢と陽だまりの魔導師

And they lived happily ever after.

【序章】

王宮のパーティーは、どうしてこうも華やかすぎるのだろう。わたしは、眩《まぶ》しすぎるシャンデリアを見上げ、溜《た》め息をつきたくなる。

婚約者のリフォル様とファーストダンスを踊った後は、いつも通り壁の花。

花のように艶《あで》やかな令嬢達と、地味なわたしでは話が合わない。

華やかな令嬢達と唯一釣り合うのは、この無駄《むだ》に明るい髪の色ぐらい。橙色《だいだいいろ》の癖《くせ》っ毛は、ありきたりな黄緑色の瞳と違って無意味に目立つことが多い。

……目立ちたくなんて、ないのに。

壁際で大人《おとな》しくぽつんとしていても、この髪色のせいでちらちら見られてしまう。わたしの顔を知らずとも、ファルファラ伯爵家の長女フィオーリ・ファルファラであり、リフォル・クルデ伯爵子息の婚約者なのだとこの髪の色でわかってしまう。

細かく編み込んでまとめてみても、髪の色が変わるわけではないから隠せない。『また、一人でいるわ』そんな幻聴が聞こえてきてしまいそうなほど目立つ髪の色。せめて金髪、いえ、茶色い髪色だったら地味なわたしの性格にぴったりと合っているのに。よりによって明るい橙色に黄緑の瞳だから、一見華やかにも見えてしまう。

けれど少し話せばわたしがお洒落《しゃれ》に疎《うと》い貧乏貴族の令嬢だというのが滲《にじ》んでしまうから、会話は弾まないし続かない。自然と一人でいることが多いから、パーティーはどうしても苦手だ。

……せめて、リフォル様が側《そば》にいてくだされば少しは楽しめるのだけれど。

美しいシャンデリアを眺めながら、そんなことをぼんやりと考えていたせいかもしれない。

ドンっ！

（えっ⁉）

誰かにぶつかって、わたしの手に持ったグラスから、ワインが飛び散る。飛び散ったワインは、目の前にいたマリーナ・レンフルー男爵令嬢のドレスに大きな染みを滲ませた。

「あ、あのっ、もうしわけ……」

「なんてことをするのよ！　わたくしは見ていたわ。フィオーリがマリーナにわざとワインをかけるのを」

詫《わ》びようとしたわたしの声を遮《さえぎ》るように、リディアナ・ゴルゾンドーラ公爵令嬢の声が覆《おお》いかぶさった。

え、待って。

わざとなんてそんなこと。

焦《あせ》るわたしの前で、マリーナ様はその大きなピンク色の瞳に涙を浮かべ、おびえたようにわたしを見つめ返す。

ざわざわと好奇心に吸い寄せられた人々が周囲を取り囲み、わたしはどうしていいかわからない。

「君が、こんなことをする人だったなんて……」

「っ、リフォル様っ？」

いつの間にか側に来ていたリフォル様が、その端整な顔を悲し気に歪《ゆが》めている。

「あ、あのっ」

「リフォル様、マリーナを早く客室に案内して差し上げて。こんな風に、見世物のままにしないで」

リフォル様は頷《うなず》くと、マリーナ様を連れてパーティー会場から出て行ってしまった。

残されたわたしを取り巻くのは、非難の瞳。

（どうして、こんなことに……）

【一章】不本意な婚約者は化け物樹木人《トレント》です

伯爵家の馬車が、森の小道を軽やかに進む。

わたしは、馬車の窓から、ファルファラ伯爵領とも王都とも違う景色を、ぼんやりと眺めた。

紅葉が終わり、赤と黄色の落ち葉に彩られた道は、色艶《あで》やかだ。

雪が降るにはまだ早い時期で良かったと思う。

鮮やかな彩りは、もうそろそろついてしまうグランゾール辺境伯領での暗い日々から目を背《そむ》けるのに丁度《ちょうど》いい。

「フィオーリお嬢様、お寒くはないでしょうか」

御者が背中越しに話しかけてくる。ファルファラ伯爵領よりも北に位置するグランゾール辺境伯領だけれど、気温差はそれほど感じられなかった。

心配げな御者に「大丈夫よ」と頷《うなず》いて、わたしはまた、窓の外を眺める。

どのぐらいそうしていただろう。馬車がゆっくりと停止した。

グランゾール辺境伯家についたのだ。窓の外を眺めていたからわかる。途中から森の木々が途切れ、代わりに整えられた生垣が現れ、その先には、城の石壁が見えた。年代を感じる城は、外壁のいたるところを蔦《つた》植物が覆《おお》っている。

溜《た》め息をぐっと堪《こら》え、わたしは馬車から降り立つ。

御者がわたしのトランクを馬車から降ろしてくれたので、それを受け取る。急な婚約で、結婚式も数か月後に決まってしまっているけれど、ファルファラ伯爵領からグランゾール辺境伯領までは馬車で一週間ほど。

大丈夫、そんなに遠くもないのだから、落ち込むことなんて何もない。

「フィオーリお嬢様、どうかお元気で……」

「ダン、今生《こんじょう》の別れではないのよ？　そんな悲しそうな顔しないで。ね？」

わたしが作り笑顔で励《はげ》ませば、ダンも涙を堪えて頷いてくれた。けれど去り際に「お辛《つら》かったら、いつでも戻《もど》って来てください。わたくし共使用人も、ご当主様も、みな、待っていますから」だなんていうのは反則だ。

もうここは辺境伯家の門の前。聞かれたら大変なことになってしまう。

馬車が遠くに見えなくなるまで見送って、わたしは、グランゾール城の門をくぐる。

瞬間、何かが身体《からだ》にまとわりつくような気配を感じて振り向いた。何も見えないけれど、感じる。城を覆うように、結界が張り巡らされているのだ。

きっと、この城の主人であり辺境伯である、わたしの婚約者となったアドニス・グランゾール辺境伯様の物だろう。

彼の結界を抜けたということは、彼にはわたしの来訪が伝わるはずなのだけれど、城の中からは誰も出てこない。

そもそも事前に手紙を出してあるし、今日わたしがこの城へ来ることは知っているはずなのだから、城の使用人達ぐらいは出迎えてくれても良いと思う。

(無理もない、のかしらね……)

わたしにとってこの婚約はとても不本意なものだ。そしてそれはきっと、グランゾール辺境伯様にとっても同じことだろう。王命で、急に決まってしまったのだから。

お互い、一度も顔合わせをしないままに婚約、そして数か月後には結婚。

特にわたしは歴史だけは長いものの、なんの魅力も価値もない伯爵家の長女。とどめに元婚約者に婚約破棄されたばかりの傷物令嬢だ。

対して辺境伯アドニス・グランゾール様は、華々しい経歴を持つ方だ。

王都の魔導師団に最年少で所属。その後も何年にも渡ってその凄《すさ》まじい魔導の腕で次々と功績を上げ続け、十年前の魔物の大暴走からこの辺境の地を守り抜いた功績に辺境伯を賜《たまわ》った。

(でも、辺境伯になって十年経《た》った今もご結婚はおろか、婚約者さえいなかったのよね……)

華々しい経歴があるというのに、辺境伯アドニス・グランゾール様の王都での噂《うわさ》はあまりよろしくない。

辺境に引きこもり、めったに王都を訪れないことから、『辺境の田舎者《いなか》』、『引きこもり魔導師』、そして……『化け物樹木人《トレント》』。

アドニス・グランゾール様の容姿は枯れ木のような酷《ひど》い有様らしいのだ。

バサバサの深緑の髪を伸ばし放題に伸ばしてみすぼらしく、とても辺境伯には見えないのだとか。その噂を肯定するかのように、彼の婚約者候補に名の上がった令嬢達はことごとく泣きながら逃げ出したらしい。

そうして王都から離れ、魔物が多く出る土地柄なのも相まって、経歴と爵位が有りながらも今日まで婚約者が決まらなかった。

……そんな人の妻に、わたしはなる。

逃げ出せるなら逃げ出したい。無理なのだけれど。

ただでさえ、わたしは婚約破棄された傷物令嬢なのだ。ここで逃げ出したなら、二度と良縁には恵まれない。結婚は絶望的だろう。ましてや、王命。背けば妹や弟達の縁談だって困難になる。

泣きたくなる気持ちをぐっと堪えて、わたしは上を向く。

◇◇◇◇◇

コンコン、コンコン。

王城にも引けを取らないような美麗なドアの前で、ドアノッカーを握り、数度鳴らす。

本来なら、門のところに出迎えがあるものだと思うのだけれど、忙しいのかもしれない。

少しだけ待っていると、やっと重々しいドアが開いた。

中から出てきたのは執事服を着た背の高い男性で、歳《とし》は二十代後半だろうか。ダークブルーの髪をオールバックに撫《な》でつけ、眼鏡の奥の眼光は鋭い。

「なにか?」

その口から発せられた言葉に、一瞬反応が遅れた。

何か、ってなんだろう。辺境だから? 来客に対しての言葉では決してなく、ましてや辺境伯様の婚約者に向ける言葉ではない。

「フィオーリ・ファルファファラと申します。本日着く旨《むね》を先に手紙を出しておいたと思うのですが、まだ届いておりませんでしたでしょうか」

「……失礼しました。フィオーリ・ファルファファラ伯爵令嬢」

なんだろう。詫《わ》びられているのに、詫びられている気がしない。少しも人間味が感じられないのだ。

「あの、王命で、アドニス・グランゾール辺境伯様の婚約者となったフィオーリ・ファルファファラです。貴方《あなた》は?」

「私は執事のアルフォンスです。貴方の部屋にご案内させて頂きます」

ぴしりと一分《いちぶ》の隙《すき》もない姿勢で綺麗《きれい》にお辞儀をし、彼はわたしの荷物を側《そば》に控《ひか》えていたメイドに持たせる。そのメイドも、無表情だ。決してわたしと目を合わせようとしないぐらい。

なんでしょう……。

無言のまま城の中に招かれる。

すれ違う使用人達も頭を下げてはいるものの、ピリピリとしていて視線が冷たい。

そんな中を、貴族令嬢らしく不安を顔に出さないよう精一杯胸を張って、アルフォンスさんの後について行く。

辺境だからではないと思う。これほどに無表情で温かな感情が感じられないのは、欠片《かけら》も歓迎されていないからだろう。

身に覚えはある。

実際にやったことなど何一つないけれど、噂なら山ほど立てられたのだから。

そのせいで婚約破棄もされているし、数ある噂のうち一つや二つ、もしくは全部が辺境伯領まで届いていたとしても不思議ではない。

泣きたくなる気持ちをぐっと堪えて、長い長い廊下をわたしはアルフォンスさんの後ろを歩きながら気づく。わたしの部屋は随分と玄関から離れているようだ。城の中央からもそれ、日当たりの悪い北側に向かっている。

（……婚約者の部屋が北側？　辺境伯様の部屋が側なのかしら）

不思議に思いながらもついた部屋に、わたしは絶句した。

「ここは、客室ではないのですか？」

明らかに客室だ。手入れはきちんとされているようなのが救いだろうか。それでも、仮にも婚約者の部屋が客室というのはありえないのでは。

「大変申し訳ございません。何分、急なことでしたから、準備がまだ整っていないのです。きちんとした状態になり次第、再度ご案内をさせて頂きます」

無機質な抑揚のない声には謝罪が微塵《みじん》も感じられない。それどころか、冷たい眼鏡の奥の瞳は、何か苦々しい思いをかみしめているかのようにすら見える。

本当に急な婚約だったとはいえ、決まってから今日まで一か月の時間があったのだ。それなのに客室だなんて。

「……貴方付きのメイドはこちらのメイになります。何かありましたら、彼女に伝えてください。それと、王都では随分と自由奔放《ほんぽう》に振る舞っていらしたようですが、ここは辺境伯領です。アドニス様の婚約者といえど、王都と同じ振る舞いができるとは思わないでくださいね」

言葉遣いだけは丁寧《ていねい》に、冷たい表情のアルフォンスさんはわたしが何か言うより早く足早に去っていく。メイドのメイさんも、部屋の隅《すみ》に控えたままわたしと目を合わせようともしない。

（……王都での自由奔放な振る舞い、ね……）

やはり悪意ある噂は辺境伯領まで届いてしまっているらしい。何一つしたことはないというのに。

説明や弁解をするべきだろうか。けれどどうやって？

王都ですら、無理だったのだ。長年婚約を結んでいた元婚約者にだって信じてはもらえなかった。今日初めて会った他人に何をどう信じてもらうのか。

こみあげる涙を必死で堪える。泣いてはいけない。部屋にはメイさんがまだいる。辺境伯様との婚約を嫌がっているのだと伝えられれば、どうなってしまうのかわからない。

トランクから魔ハーブの小さな鉢植えを取り出して、その香りを吸う。

さわやかな香りは、気持ちを落ち着けてくれる。大丈夫、わたしには魔ハーブがある。

ベッドの側の窓際に魔ハーブを飾ると、風が入るたびに香りが部屋に流れる。

香りに心を落ち着けて、部屋の中を見渡す。客室とはいえ、辺境伯家。ファルファラ伯爵家の自室よりも広くて豪華だ。

ベッドは天蓋《てんがい》付きでとても柔らかい。クローゼットの中には、当分の間は困らなそうな衣類がきちんと収納されている。流石《さすが》にドレスは数える程度だけれど、ワンピースや部屋着は十分。

ファルファラ伯爵家から持ち込んだ、数少ないわたしの衣類もクローゼットに収納していく。

歓迎されていないという事実はあるものの、生活に困ることはないだろう。

（それにしても、アドニス・グランゾール辺境伯様はどうされたのかしら）

出迎えがなかったのは仕方がないとしても、辺境伯家にわたしが着いたのは結界を抜けたことで気づいているだろうし、アルフォンスさんからも連絡が入っているはず。

「メイさん、いま、いいでしょうか……？」

恐る恐る、部屋の隅に控えているメイさんに声をかける。彼女は無表情のまま「はい」と頷いた。

「この城の案内をお願いできますか？　それと、グランゾール辺境伯様にもお目通りをお願いしたいのですが」

「辺境伯様は大変お忙しく、現在この城にはいらっしゃいません」

なるほど。だから、すぐにお会いすることはできないのね。

事前の手紙には到着日時も知らせていたとは思うけれど、何か事情があったのかもしれない。

わたしはふるふるっとかぶりを振って気を取り直す。

「それでしたら、先にこの城の案内だけでもお願いできますか？」

「……わかりました」

相変わらず無表情で、メイさんは何を考えているのかわからない。人形に話しかけているかのよう。けれど、食堂と湯あみ、それに辺境伯様の部屋は把握しておきたい。

メイさんに城を一通り案内してもらい、自室に戻る頃にはすっかり日が傾いていた。

やはり辺境伯様の城は実家のファルファラ家とは比較にならないぐらい広い。メイさんが常についているはずだが、一人では迷いそう。

部屋に戻ると、相変わらずメイさんは無言で控えている。城を案内する間も、必要最低限な言葉しか発さなかった。

「メイさんは、いつ頃からこの城に勤めているのですか？」

「私語は禁じられております」

「……そう」

無表情な瞳に、僅《わず》かながら嫌悪が滲《にじ》んで見えたのは気のせいだろう。そう思わなければ、耐えられそうにない。

わたしは、メイさんと会話をすることは諦《あきら》めて、実家から持ち込んだ魔ハーブの本を開く。

魔ハーブは主に隣国では一般的な薬草だけれど、この国ではまだまだ普及していない。

だから育て方の本もあまり種類が出回っていなくて、隣国の行商から買い付けたこの本に、図書館で調べた情報を手書きで書き加えている。

（グランゾール辺境伯領はファルファラ伯爵領よりもずっと寒いと思っていたけれど、それほどの気温差がないのは意外よね）

一度もこの地を訪れたことがなかったわたしは、王都よりもファルファラ伯爵領よりも北に位置するこの土地が、すでに雪に覆われているかもしれないと思っていた。

けれど実際は紅葉が色鮮やかに世界を彩っていて、この気温ならばファルファラ伯爵家と同じように魔ハーブを育てられるかもしれない。

室内の小さな鉢植えは、特に寒さに強い子を持って来ていた。室内であるなら、春まで持つだろうと予想して。

トランクの中には、魔ハーブの種が多く入っている。小さな皮袋に小分けした魔ハーブの種は、寒さに強い品種はもちろんのこと、春になったら植えようと持ち込んだ種もある。

……裏庭の隅でいいから、植えさせてもらえないだろうか。

無言で無表情のメイさんとずっと部屋で過ごすのは辛い。今日だけというわけではないだろう。アルフォンスさんはわたし付きのメイドがメイさんだと言ったのだから。

少しでも外に出て、思いっきり息を吸いたい。魔ハーブを植えて、育っていく姿を見て安らぎたい。

この部屋はとても広いというのに、息苦しい。

わたしはなるべくメイさんを意識しないよう、もう何度も読んだ魔ハーブの本を読み耽《ふけ》った。

◇◇◇◇◇◇

「この部屋で食事をとるのですか？　食堂ではないのでしょうか」

メイさんが少し前に部屋を出たことには気づいていたけれど、ワゴンで部屋に運ばれてきた食事に首をかしげる。

彼女に案内してもらった食堂でアドニス・グランゾール辺境伯様と共にとるのが普通ではないだろうか。婚約者なのだし。

そもそもまだ辺境伯様にお会いしていない。夕方には外出中との事だったが、この夕食の時間になっても一向に呼び出されなかった。

執事のアルフォンスさんも、メイドのメイさんも、いくらわたしを歓迎していないとはいえ、主たるアドニス様の呼び出しを握りつぶしたりはしないだろう。嫌々であっても、対応自体は丁寧だ。慇懃《いんぎん》無礼《ぶれい》ととれるぎりぎりのラインとも言えなくはないけれど。

ならば辺境伯様自身が、わたしに会う気がないということになる。

「辺境伯様は、まだ戻られておりません。ファルファアラ伯爵令嬢様も本日はお疲れでしょうから、部屋でゆっくりと食事をとってほしいとのことです」

「視察か何かに出ていらっしゃるのでしょうか。明日にはお会いできますか？」

「辺境伯様のご予定は、わたくしからはなにも言えません。アルフォンス様がご存じですから、明日になったら彼にお尋ねください」

言うだけ言って頭を下げると、メイさんはワゴンの料理をテーブルに丁寧に並べていく。

（……本当に辺境伯様は外出しているのかしら。こんな時間まで？　でもそれなら、まだ会えなくとも仕方がないのでしょう）

会いたくないから呼び出されないのだと思うよりは、何かの事情だと思うほうがましだった。

わたしは思うことはあれど、気を取り直してテーブルに並べられた料理を見る。

流石辺境伯家。ファルファラ伯爵家よりもずっと豪華で、華やかだ。

サラダにスープ、メインディッシュが二種類、スープとそれに紅茶も付いている。

通常ならばこんな風に料理は一度に出すものではないけれど、ファルファラ伯爵家では使用人はごく小人数のみ。貴族令嬢としての常識が違和感を訴えはするものの、同時に出されることに抵抗はない。

けれどアルフォンスさんとメイさんの態度、それとすれ違った使用人達の雰囲気から、少々不安がこみあげてきて必要以上に料理を丁寧に小さく小分けする。異物が入っているかもしれない。サラダやメインディッシュのお肉をよくよく調べてみる。

けれどそういったことはなかった。ホッとする。

(毒を盛られてしまうことはあるかしらね？　いくら疎《うと》ましくとも、王命で決まった婚約者を会いもせずに毒殺はしないでしょうけれど……)

異物はないものの、あまりの孤独感に疑り深くなってしまう。

せっかくの料理は味がしなかった。

食事を終え、湯あみも済ますと、メイさんも部屋を辞していく。

彼女がいなくなると息苦しさは薄れたものの、殺風景な室内は静まり返り、寒くもないのに背筋がひやりとする。

わたしは窓辺に置いたハーブの鉢植えを抱きしめて、早々にベッドにもぐり込む。

実家は貧しかったけれど、使用人とは家族のように仲が良かった。こんなに無言の時間を過ごしたのはいつぶりだろう。孤独なお茶会でさえ、まだ会話があったように思う。

『フィオ姉様、一緒に寝ましょうよ！　そのほうが温かいでしょう？』

『ヴィオちゃんずるいっ、ぼくもフィオちゃんと寝たいよっ』

『ふふ、みんなで寝ればいいでしょう？』

『マリーお姉様は昨日フィオ姉様と寝ているのですから、きょうはわたしのばんですよ』

『あらあら、お母様とは寝てくれないの？　みんなフィオが大好きなのね』

目を閉じると、優しかった家族の声が聞こえてきそう。使用人とも良好な関係を築いていたけれど、両親と四人の妹、それに二人の弟とも仲良しだった。毎日元気で明るくて、いつも賑《にぎ》やかな声であふれてて……。

ぽたり、と。

魔ハーブの上に涙が零れた。

◆◆◆◆◆◆

薄暗くぼやけた視界の中で、お父様が辛そうにわたしを見つめる。ソファーに腰かけたその隣には、お母様も沈痛な面持ちだ。二人の前には、わたしがうつむいて座っているのが見える。

（あぁ、また、あの時の夢だ……）

見たくない。

けれど夢だから、目を背けることもできずに、わたしは再現される思い出をじっと見つめることしかできない。

『ここに書かれていることは、事実なのかい……？』

『……なにが書かれていたのですか？』

お父様が聞くのをためらうようなことなのだろうかと、夢の中のわたしはのろのろと顔を上げる。

『下位令嬢のドレスにワインを投げ蔑《さげす》んだ、と……』

『っ、そんなこと、しておりません！　あれは、本当に、故意ではなかったんです』

マリーナ・レンフルー男爵令嬢にワインをかけてしまったのは事実だ。けれどそれは、決してわたしの意思なんかじゃなかった。

たまたま、誰かにぶつかられて、体勢を崩した。その弾みで目の前にいたマリーナ様のドレスにワインがかかってしまっただけだ。

『詫びることもせずにいたと……』

違う。わたしは、すぐにお詫びを口にしようとしたのだ。リディアナ・ゴルゾンドーラ公爵令嬢に遮《さえぎ》られてしまっただけで。……けれど、客観的に見てあの時わたしがマリーナ様のドレスにワインをかけ、謝らないように見えてしまったのは事実なのだ。

だからわたしは正直にお父様に説明した。謝ろうとしたけれど、できなかったのだと。

『そうだな……フィオーリが、人を傷つけて詫びることもしないような娘ではないことを、よく知っているよ。だが、多数の貴族の前で起こってしまった事実は、こうして、尾ひれ背びれをつけてクルデ伯爵様のお耳にも届く事態となってしまったようだ……』

お父様が、クルデ伯爵家から届いた封書を手に、苦痛に顔を歪《ゆが》める。わたしはふるふると首を振り、否定する。再びうつむいて、顔を上げることができない。

酷い悪女という噂はわたしのところにも届いていたから、この頃のわたしは、お茶会に呼ばれることもなくなって、一人で部屋にこもっていることが多かった。リフォル様に会いたくても、会うこともしなかった。

『あなた、フィオがこんなことをするはずがありませんわ。使用人達を鞭《むち》で叩《たた》いて虐《しいた》げるどころか、いつだって大切な友人のように接しているではありませんか』

お母様が即座にわたしをかばってくれて、お父様も頷いてくれる。部屋に控えていた使用人達もうんうんと頷いて、うつむくわたしを心配そうに見つめてくれている。

『わたしは、使用人達を虐げたことなど、ありません……この家の中でも、外でも、決して……』

噂の内容を、届いた手紙に書かれていたことを、今のわたしはもう知っている。何度も何度も読み直して、辛くて辛くて苦しくて、手紙が涙で滲むほど後悔し続けたのだから。

けれど夢の中のわたしはまだわかっていない。

一つ一つ、噂を否定していく姿に、無意味だとわかっていながら、今のわたしは見ていることしかできない。

『異性とも、ただならぬ派手な交流があると……』

『そんな……っ。わたしは、リフォル様以外の方とダンスを踊ったことすらないのです。手を触れることもありません。ましてや、そんな、ふしだらな交流などっ』

『あぁ、そうだろうとも。フィオーリの交友関係はすべて把握しているといっても過言ではない。クルデ伯爵子息以外の異性との交流など、あるはずもない。こんな根も葉もない噂がなぜ広まってしまったのか……』

お父様が苦しげに目頭を押さえ、うつむいていたわたしはのろのろと顔を上げる。

(駄目《だめ》……手紙を見ないで)

夢の中のわたしに、今のわたしは精一杯止めようとするけれど、声が届くことはない。

これは夢ではあるけれど、現実に起きた辛い記憶なのだから。記憶を、起こってしまった過去を変えることなどできるわけもない。

お母様は堪えきれずに涙を零し、うつろな瞳のわたしは、差し出された手紙を恐る恐る受け取って、震える指先で開く。開いてしまうのだ。

夢の中のわたしと、今のわたし。どちらともわからない感情が涙と共にあふれ出して止まらない。

【婚約を破棄する】

その事実が綴《つづ》られた手紙を胸に抱きしめ、わたしは意識を手放した。

◆◆◆◆◆◆

「…………っ！」

泣きながら目を覚ました。

一瞬、今いる自分の場所がわからなくて、周囲を見渡す。

窓辺から枕元に置いた小さな鉢植えの魔ハーブと、天蓋付きのベッドを見て、昨日辺境伯様の城に着いたのだと思い出す。

（あの時の夢をまだ見るなんて）

魔ハーブの香りをすっと吸い込んで、気持ちを落ち着ける。もうすべて終わったことなのだ。

部屋の中はまだ薄暗く、メイさんもまだ来ていない。ファルファラ伯爵家では自分のことはすべて自分でしていたから、早起きが身についているのだ。

魔ハーブを枕元から窓辺に移し、わたしは部屋の明かりを灯《とも》す。用意されていたクローゼットの衣類は着ずに、実家から持ち込んだワンピースに着替えた。

橙色《だいだいいろ》の長い髪はお母様似の癖《くせ》っ毛で、指先でくるくると癖をつけるだけで毛先が丸くなってまとめやすい。カチューシャのように左右から編み込みをして片方の耳の下で輪にしてくぐらせる。豪華な飾りがなくともそれなりに華やかで、それでいて簡単にできる髪形だ。

(朝食の時間まで、散歩をしていても問題ないかしら)

部屋を出るなとは言われていないけれど、どうだろう。魔ハーブを植えられる場所を探したい。昨日城を案内してもらった範囲に裏庭は含まれていなかった。

身支度をきちんと整え終わる頃には薄暗かった部屋に光が差し込み、日が昇ったのだとわかる。それでもまだ貴族令嬢が起きる時間としては早すぎる。メイさんを呼ぶためのベルは当然部屋にあるけれど、こんな早朝に呼び出すのは気が引けた。

もしもわたしが部屋に戻るよりも先にメイさんが来て、わたしを探すことがないようにメモをテーブルに置いておく。探すよりも、いなくなったことを喜ばれそうな環境だけれど、一応はあったほうがいいだろう。

魔ハーブを植えられる場所が見つかれば、わたしはこの孤独な空間でも耐えられる。

窓を開けると、朝の気温は思ったよりも肌寒い。自分で編んだストールを肩にかけ、わたしは北の客室からほど近い裏口から出て裏庭に向かった。

◇◇◇◇◇◇

「あ、あんたは……」

裏庭に出ると、人影が見えた。

腰にある大量の庭具と作業着からしてこの城の庭師だろう。かなりの年齢に思える。日に焼けた顔はしわが深く刻まれ、わたしを見て唖然《あぜん》と目を見開いている。けれどはっと気が付き、深く礼をする。

(さて、どう切り出そう？)

この様子からして、わたしが辺境伯様の婚約者であるフィオーリ・ファルファラであることはわかっているようだ。それならば、下手《へた》にごまかすよりも、最初からきちんと名乗って裏庭を使わせてもらえるように頼んでみよう。

「初めまして、フィオーリ・ファルファラと申します。貴方がこの庭の責任者ですか？」

にこりと微笑《ほほえ》めば、庭師はごくりと喉を鳴らし、頷く。

庭師のお爺《じい》さんの顔色は明らかに悪い。いまから何を言われるのかと、腰が引けている。でもそんなに構えないでほしい。無理だろうか。

「こちらの裏庭の一角を、わたしに使わせて頂けますか？」

「あ、あんたは、伯爵令嬢じゃろう。なんでご令嬢が庭いじりなんぞをするんじゃろうか。一介の庭師に頼まんとも、自由に使えるじゃろうに」

「えぇ、ですがこの庭は、貴方の領域です。細部まで凝《こ》った作りをしていらっしゃいますから、勝手をして調和を乱すようなことはしたくありませんので」

これは本心だ。

昨日、メイさんに案内されて庭も一通り見させてもらったのだ。

秋が終わり冬が始まるいまは、花の種類も少なく、ともすれば庭は閑散《かんさん》としがちだ。でも此《こ》処の庭は常緑樹を使ったトピアリーが至るところに置いてあり、その一つ一つがとても凝っている。

背の低い常緑樹を丸く整えるだけならわたしでも辛《かろ》うじてできるけれど、小鳥や小動物をかたどってどの角度から見ても違和感なく仕上げるのは困難だ。そんな技術を持っている彼を凄《すご》いと思う。

けれどこの裏庭は整えられた表の庭とは別で、玄関からは完全に死角となる。魔ハーブを植えても景観が損なわれることはないだろう。

でも人が大事に手入れしている庭を勝手にいじることは避けたい。

実家で、植えた魔ハーブを雑草と間違われて抜かれてしまった時は本当に悲しかった。一言庭師に言っておけば防げたし、そうしておけばファルファラ家のたった一人の庭師にも余計な負担をかけずに済んだのだけれど。

「本気で庭いじりをする気なのかの……そこまで言うなら構わんのじゃが、お嬢様は庭いじりの道具は持っとるんでしょうかね……？」

「もしよろしければ、使い古しの庭具をお借りしてもよろしいでしょうか」

実家にはあるけれど、いま手元にあるのは鉢の植え替え用に使い慣れたシャベルだけだ。それだけでも花壇の手入れはできるけれど、大きめのスコップなどがあれば作業がはかどる。

裏庭とはいえ、雑草はきちんと抜かれているので作業はしやすいだろう。

「……丁度、庭具は北の離れにあるでの。好きなだけ使ってくれて構わんですじゃ」

言われてみれば、小さな物置が置かれている。裏庭に置いてあるなら無駄《むだ》に人目につかなくて丁度いい。

えぇ、わたしも自覚はあるのだ。仮にも伯爵令嬢が庭いじりなどおかしいと。

婚約者の家に来たばかりの客人扱いのわたしが、庭をいじりだすなんて非常識だと。

でも現状、ずっと部屋にこもっていると気が滅入《めい》る。ましてやわたし付きのメイドさんはあの対応なのだ。一緒にいる時間が長ければ長いほど辛くなる。

味方はどこにもいない。こんな状況なのだから、大好きな庭いじりでもしないと、正直耐えられそうにない。庭さえ、魔ハーブさえあれば、わたしは頑張れる。

いぶかしげな様子で庭師が立ち去ると、わたしはそっと、土に触れる。少し乾き気味かもしれないけれど、丁寧に手入れをすれば魔ハーブが育つだろう。ファルファラ家の土も、最初は魔ハーブを植えるのに適さなかったのに、わたしが手入れをし続けたらきちんと良い土になってくれたから。

今の時期でも生えやすい種類を植えれば、すぐに育つに違いない。青々と生い茂り、良い香りを振りまいてくれる癒《いや》しの魔ハーブを想像し、わたしの胸は高鳴った。

◇◇◇◇◇

(今日も、辺境伯様には会えなかった)

ぷちぷちと裏庭の小さな雑草を抜きながら、わたしは溜め息をつく。

わたしがこの辺境伯領へ来てから、一週間が経った。だというのにアルフォンスさんもほかの使用人達も態度は相変わらずで、必要最低限の会話しかできない無言の日々が続いている。

アドニス・グランゾール辺境伯様にもお会いできていない。

わたしは、一週間で大分増えた魔ハーブの葉を撫でる。

小指の先ほどの大きさまで育った黄緑色の葉っぱは、もう少し育てば魔ハーブティーにできる。まだまだ小さくとも香りはよくて、さっぱりとした良い香りがすでに周囲に漂っている。

香りを吸っていると、ささくれだちそうな心が癒《い》えていく。

北側とはいえ、午後からの日当たりは悪くない。そのおかげか、予想よりもずっと成長が早いのだ。シャベルだけでなく、鍬《くわ》もあったから、土が耕しやすかったのも良かった。

最初に裏庭に来た時以来、庭師には会っていない。正確には姿を見かけはしたが、お辞儀をされ無言で去られてしまった。彼もほかの使用人達と同じく、私語を禁じられたのだろう。早朝に裏庭で会えたのは幸運だったに違いない。

抜いた雑草を横に置き、空を見上げる。

暖かな日差しの中、大好きな庭いじりをしていると孤独感が薄れていく気がする。

両親にもあまり良い顔はされず、元婚約者のリフォル様にも否定されていた趣味だけれど。

（リフォル様は、いまはマリーナ様と過ごしているのかな……）

リフォル様のミルクティー色の柔らかな髪と、空色の瞳が思い浮かぶ。

元婚約者のリフォル様とは、親同士の決めた婚約者であっても、穏やかな優しい関係を築けていたと思う。

リフォル様は伯爵家子息であると同時に、商売人でもあった。パーティーでは社交第一で多くの貴族達と顔を繋《つな》いでいたから、あまりわたしとは長く一緒にいられなかった。

とても素敵な人だから、わたしという婚約者がいても、パーティーではいつも女性に囲まれていた。けれど地味なわたしを蔑《ないがし》ろにすることなく、婚約者としてきちんと扱ってくれていた。贈り物はいつも絶やさず頂いていたし、忙しい時間をやりくりして、わたしとの時間を作ってくれてもいた。

（なのにわたしときたら、ゴルゾンドーラ公爵家のリディアナ様の不興を買ってしまって……）

今でもわからない。なぜ、リディアナ様に目の敵《かたき》にされてしまったのか。彼女が妹のようにかわいがっていたマリーナ・レンフルー男爵令嬢が、あの事件をきっかけにリフォル様と親しくなっているということは、王都での噂で聞いた。同時に、わたしのありもしないありとあらゆる噂が広がって、わたしはリフォル様との婚約を破棄されて……。

あぁ、そうだわ。

婚約破棄！

わたしは、すっくと立ち上がる。

癒しの魔ハーブに逃げている場合ではなかった。

そう、このままアドニス・グランゾール辺境伯様と会えなかったら、待っているのは二度目の婚約破棄では？

会えないからと、待っているだけでは一生会えないと思う。

ここの使用人達は信用できない。

いつも辺境伯様は出かけているの一点張りで、一向に会わせてくれる気配がないのだから。辺境伯様自身もわたしに会う気はないのかもしれない。だからと言ってこのまま引き下がるわけにもいかない。わたしはもうここにいるのだ。辺境伯様の婚約者として。

二度と、家族をわたしのせいで辛い立場に置きたくない。けれどこのままじっとしていては、また、両親の涙を見ることになるだろう。

幸い、辺境伯様の部屋は知っている。わたしの部屋とは正反対の南側の部屋。部屋に行きさえすれば、いくらでも会えるはず。今いなかったとしても、部屋の前で待たせてもらえばいい。

（……周囲に人はいませんね？）

毎日庭いじりをしていたせいか、見張りのように遠くから見ていた使用人達も、いまは見当たらない。絶好の機会だ。

少し席を立っているだけに見えるように、庭具は魔ハーブの側に出しておく。

いつも庭いじりを終えた後は、道具はきちんと道具置き場の小屋にしまっている。こうして出したままにしておけば、まだまだ庭いじりをするものだと思われるはずだ。時間稼ぎができる。

わたしは、さりげなさを装いながら城に戻り、辺境伯様の部屋に向かう。わたしと目が合えばそらし、深く礼をするだけの使用人達は、わたしがどこへ向かっているかなど気が付かないだろう。

二階の日当たりの良い南側の部屋。

辺境伯様の部屋の前には、拍子抜けするほどあっさりと辿《たど》り着いてしまった。

アルフォンスさんあたりが知れば必ず止められたのだろうけれど、幸い、彼は側にいない。

緊張感をかぶりを振って抑え、わたしはドアをノックする。

「入りなさい」

アルフォンスさんの声がする。姿が見えなかった彼はどうやら辺境伯様の部屋の中にいたようだ。入れと言われたのだから、彼がいようと入るしかない。

どきどきと、ドアノブに手をかけ、開け放つ。

「貴方は……」

「なぜっ」

わたしだと気づいたアルフォンスさんがドアを閉めようとするより先に、わたしは部屋の中に飛び込む。

瞬間、わたしは固まった。

(これは、想像以上だわ……)

目の前の執務机に座っているのが、わたしの婚約者の辺境伯アドニス・グランゾール様なのだろう。

深い緑色の髪が床までわっさりと伸びて、顔はほぼ髪に隠れている。伸ばしっぱなしの前髪の隙間から、木の洞《うろ》のような真っ黒い瞳が覗《のぞ》き、げっそりという表現が似合いそうなほどにやせ細っている。縁《ふち》を金の刺繍《ししゅう》に彩られた焦《こ》げ茶色のローブを身にまとっている姿は、まさしく樹木人。

そして部屋の中も凄まじい。

本で埋め尽くされているのはまだ良い。でもその本棚の間からにょきにょきと木の枝が生えている。本棚の本の隙間から葉っぱが飛び出していて非現実的だ。

そして床は足の踏み場もないほどの本と、魔導具と、よくわからない何かなどで埋まっている。机の上も、ごちゃごちゃと書類が置いてあり、処理済みの書類と未処理の書類が絶対に混ざっていそうな状態で積み上がっている。少し動いただけでバサバサと落ちてしまいそうだ。

驚きすぎて、悲鳴も出なかった。

そしてそれは辺境伯様も同じらしい。

辺境伯様は、何が起こったのかわからないようで、突然部屋に飛び込んできたわたしに「貴方は……」と言ったまま、固まってしまっている。

そうだ。自己紹介をしないと。ここにはそのために来たのだから。

にこりと。

わたしはよそ行きの笑顔を貼《は》り付ける。

「わたしはフィオーリ・ファルファラ伯爵令嬢です。アドニス・グランゾール辺境伯様、貴方の婚約者です。えぇ、一週間も会っていただけませんでしたけれども」

初対面でこれは正直ない物言いだろう。辺境伯様に言う言葉じゃない。非常識だ。

けれどこれまで一週間もの間放置されていたのだ。この事実を強調し、婚約破棄されるにしても、ファルファラ伯爵家に有利になるような条件をもぎ取ればいい。

なんせ一週間。

そんなにも長い間会っていただけなかったのだから、辺境伯様だってこの婚約を望んではいないはず。お互い一度もお会いしたことすらないのだから、わたしが望まれるはずもない。

同じ城の中にいながら一週間も放置するほどに迷惑な婚姻なら、辺境伯様のほうで最初から拒否してくれていればよかったのだ。王命であっても、この国の結界を担うほどの魔導師であり辺境伯であるアドニス様であれば、断るという選択肢《し》もとれたはず。欠片も望まれていないのに、わたしは無理にこのグランゾール領まで来ることもなかった。

確かに、心無い噂のはびこった王都ではわたしは針の筵《むしろ》だった。けれどそれでも家族だけはわたしに優しかったし、ファルファラ家の使用人達も慕ってくれていた。家の中でいまも過ごせていたなら、これほどまでに孤独な日々を過ごすことはなかった。

この一週間の中でわたしがまともにした会話はいくつなのか。両手で足りてしまうのではないか。

こんな、敵しかいない冷たい視線の中で一週間も過ごしたのだ。強気でいい。そうでないと、いまにも涙が零れてしまう。

「もう……いらしていたんだね…………」

アドニス・グランゾール辺境伯様は、ゆったりと立ち上がった。ローブの袖が書類に引っかかり、ばさばさと舞い散るのも気にならないぐらい、黒い瞳を見開いて。

アルフォンスさんは観念したように天を仰ぐ。

辺境伯様の洞のような黒い目が真《ま》っ直《す》ぐにわたしを見つめ語っている。婚約者たるわたしが、この城にいることを本気で知らなかったのだと。たったいま、知ったのだと。

（……まさか、婚約者のわたしが来ていることを知らず、知らされてもいなかっただなんて）

いくら何でも、その可能性は考えていなかった。

昨日今日来たわけではない。何度も言うが一週間だ。その間、確かに一度たりとも出会わなかったけれど、それは広すぎる城の弊害《へいがい》というものなのか。

あぁ、でも。

「一週間前に辺境伯領へ参りました。そしてこの城の門をくぐった時、結界の存在を感じました。あれは、辺境伯様の結界ですよね？　わたしのことは感知されなかったのでしょうか？」

そう、この城の周囲には辺境伯様の結界が確かに張り巡らされていた。

魔力はあるものの、ろくろく操れないわたしですらはっきりと感じることができる強力なものだ。その結界をくぐった存在を、張本人が感知しないことはありえない。

あの手の結界は、侵入者を知らせる役割を持っている。結界にも数種類あって、辺境領やこの国を外敵から守っている結界とは異なるのだ。術者であるアドニス様が知らないはずはない。

「ええ確かに、外部の者が結界をくぐったことは感知していました。ですが、アルフォンスが友人の令嬢を滞在させると聞いていたから……」

「アルフォンスさんの友人……」

あぁ、なんだろう、遠い目をしたくなる。

アルフォンスさんに嫌われているのはこの一週間で嫌というほど感じていた。

わたしですら知らなかったわたしの噂を、彼は知り尽くしているのだろう。彼の中ではわたしは使用人を人とも思わず、気に入らなければ鞭をふるう、暴虐の限りを尽くす悪女。

だから、アルフォンスさんは理由を付けて、決して辺境伯様にわたしを会わせようとしなかった。メイド達にも指示を出し、わたしと話すことも禁じた。

孤独に耐えきれなくなったわたしを、彼は辺境伯様に会わせることなくわたしの実家に追い返すつもりだったのではないだろうか。

アルフォンスさんの考えるフィオーリ・ファルファラ伯爵令嬢は、わがまま放題の悪女だろう。王都での噂を思い出したくもないけれど、噂通りの悪女ならばいつまでも辺境伯様にお会いできなければ、これ幸いと王都に帰りそうだ。この地には、王都と違って噂の悪女が好みそうな娯楽は何もないのだから。

黙って目をそらしているアルフォンスさんの目の前に回り込み、見上げる。

ここが正念場だ。

「わたしを友人として招いてくださっていたとは存じ上げませんでした。えぇ、これから友人としてどうか仲良くしてくださいね」

にっこりと。最高に良い笑顔で笑って見せる。

もちろん、目は笑っていない。

精一杯の虚勢だ。

アルフォンスさんに二度と妨害されないためにも、気弱なわたしのままでは駄目なのだ。彼が噂通りの悪女だとわたしを思っている限り、違う方法でこの城を追い出され、二度目の婚約破棄をされてしまうかもしれないのだから。

「もちろんですとも、フィオーリ・ファルファラ伯爵令嬢。ささやかな行き違いがあったようですが、これからはアドニス様の婚約者としておもてなしさせて頂きます」

彼は悔し気に言い切る。

二人の間にバチバチと火花が散ったように見えるのは、気のせいでも何でもない。足が震えそうだ。使用人とはいえ、男性にこんな口を利《き》いたことはない。彼の眼鏡の奥の鋭い視線から目をそらしたくなるが、わたしは顔に笑顔を貼り付けたままぐっとお腹《なか》に力を入れて耐えきる。

リフォルル様の婚約者だった時に、散々貴族令嬢達から陰口を言われてきたのだ。使用人の嫌がらせにも耐えられる。耐えられなければ、両親に、家族にまた迷惑がかかるのだから。

その時ピリピリと緊張した空気を感じ取った辺境伯様が、「二人とも、まぁ、まぁ……」と言いながらずるずるとローブを引きずってわたし達の間に入ろうとする。

「え、あぶないっ！」

「おや……？」

でもローブが長すぎたのか、床が足の踏み場もないせいなのか、辺境伯様が足をもつれさせて思いっきり転んだ。

咄嗟《とっさ》に手を伸ばし、助けようとするものの、あちらは男性。

贅肉《ぜいにく》のない痩《や》せた身体とはいえ、頭一つ分も背の高い男性を支えられるほどの力はわたしにはない。引きずられるようにそのまま床に一緒に転がった。バサバサと書類が舞い上がり、部屋をさらに散らかしてゆく。

「すみません、お怪我《けが》は……」

わたしを抱きしめるような形で、ゆっくりと辺境伯様は身体を起こす。身体にまとわりついた書類が、パラパラと散らばった。

「大丈夫です、辺境伯様のほうこそ、怪我をされたのでは」

胸の上に乗っかるように倒れてしまったから、わたしの全体重がかかってしまったはず。こんなにも散らかった部屋では、背中を相当痛めたのではないだろうか。アドニス様の倒れた床には本がいくつも散らばっている。本の角に背中が当たったら、相当痛いだろう。

「いつまでアドニス様にしなだれかかっているんですか！」

「きゃっ!?」

アルフォンスさんがぐいっとわたしを引っ張って立ち上がらせた。確かに二人でいつまでも床の上に座っていたけれど、間違ってもしなだれかかってはいない。

「アルフォンスも見ていたでしょう。彼女はよろけた私を助けようとしてくれただけです。それに、婚約者なのですから、わたしに寄り添っていても何ら問題はないでしょう」

「しかし……」

「フィオーリは、私の婚約者です」

何か言いかけるアルフォンスさんを、辺境伯様が黙らせる。

「フィオーリ、とお呼びしても？」

「ええ、もちろんです」

「では、私のこともアドニスとお呼びください」

「アドニス……様」

さすがに、呼び捨てははばかられた。

「貴方からは、お日様の匂いがするのですね」

「お日様、ですか？」

「ええ。それと、柑橘類《かんきつるい》のような、すっきりとした香りも。これは香水ですか？」

「えっと、それは……」

あぁ、それはきっと魔ハーブだ。

暖かい日差しの中で、ずっと毎日裏庭で魔ハーブの手入れをしていたから、お日様の匂いと魔ハーブの匂いが身体に染みついてしまっているのだろう。

好き嫌いが分かれる魔ハーブの香りは、アドニス様のお気に召したようだ。けれどさすがに、貴族令嬢が庭の片隅で土いじりをしていることは隠したほうが良いかもしれない。わたしを大切に思ってくれていた家族ですら、わたしが庭いじりをすることに抵抗を持っていたのだから。

(魔ハーブのことを伏せると、匂いのもとをなんて答えたらいいだろう。嘘《うそ》はつきたくないのだけど……)

言い淀んでいると、アルフォンスさんと目が合ってしまった。

その目が一瞬、にやりと歪んだ。

「アドニス様。彼女は毎日庭で土いじりをしていらっしゃいます。本来は庭師の仕事でしょうに、貴族令嬢としての趣味にしては、いささか問題のある行動ではないでしょうか。彼女の臭いは雑草から移ったものでしょう」

事実を淡々と告げる彼に、わたしは何も言い返せない。

(ああ、やっぱりアルフォンスさんは知っていたのね……)

毎日メイドのメイさんはわたしの庭いじりに無言でついてきていたし、わたしの行動はすべて報告されていたのだろう。

貴族令嬢として問題のある庭いじりの趣味は、元婚約者のリフォル様にもできればやめたほうが良いと止められていた。実家の家族にも使用人に任せたほうが良いと諭《さと》されていたことだ。けれど土に触れ、魔ハーブの香りを吸っていると、とても心が落ち着くのだ。

敵だらけの冷たいこの辺境伯領で、魔ハーブまでも奪われるのは辛い。

（でも……辺境伯様の婚約者として振る舞わなければいけないなら、きっとやめることが正しいのでしょうね……）

部屋の鉢植えだけは、せめて側に置かせてもらえるように頼むしかない。

「あのっ、アドニス様、わたしの趣味は一般的な貴族令嬢とは異なり非常識にも思えるかもしれませんが、魔ハーブには様々な効能もありますし、香りも、とても良いですし……」

無理かな。説得力のある説明がすぐには出てこない。

「ええ、とても魅力的な趣味ですね」

「「えっ」」

アルフォンスさんとわたしの声が重なる。

思わず、二人で顔を見合わせる。

アドニス様は、いま、何とおっしゃった？

「アドニス様、いくら婚約者とはいえ、常識的でない行動を褒《ほ》めるのはいかがなものかと存じます」

いち早く動揺から立ち直ったアルフォンスさんが、眼鏡をくいっと指で押し上げてアドニス様を諫《いさ》める。けれどアドニス様はいぶかしげに首をかしげる。

「非常識というなら、私のほうが非常識だろう。一週間も婚約者を放っておいたのだから。この場で婚約破棄を突き付けられてもおかしくはないだろう？」

「っ、それは、アドニス様のせいではございません。少々手違いが発生していただけではありませんか」

「けれどしてしまったことは事実だし、私は土いじりを厭《いと》わない婚約者で良かったと思えますよ。この地は、王都と違って舗装《ほそう》されていない場所も多いでしょう。貴族の令嬢達は靴が汚れるからと、森に入ることもない。でもフィオーリなら、そんなことは気にしないでしょう」

確かにわたしは気にしない。むしろ、森の恵みは日々の食卓事情に直結するぐらい大切だ。

ファルファラ伯爵家には、グランゾール辺境伯家よりも小さな森がある。

子供の頃はよくそこで木登りをしていた。そして森の木の実を沢山《たくさん》もいで抱えて帰ると、その日の夕食はいつもよりも豪華になる。

リフォル様と婚約してからは、さすがにもう何年も木には登っていない。だからいまはもう登れないと思う。けれど茸《きのこ》を代表に食べられる植物の採取は、木にも登らずに安全に採れたから、毎年秋と春には欠かさず森に入っている。森への嫌悪感は皆無だ。

「アドニス様は、わたしの庭いじりを、お止めにならないのですか……？」

「止めるなんてそんな。とてもお好きなのでしょう？　そうでなければ、貴族女性が庭師のようなことを好んでするはずがありません。フィオーリは、そのまま庭を使ってください」

本気だろうか。

アドニス様の長い前髪に覆われた隙間から覗く目は穏やかで、口元は優しく微笑んでいらっしゃる。

いやいや言っているようには見えない。わたしの趣味を、認めてくれるなんて……。

「本当に良いのでしょうか？」

思わず、念押ししてしまう。

だって今までいなかったのだ、こんなにも穏やかに少しの嫌悪感もなく認めてくれる人は。

「えぇ。書類があらかた片付いたら、私も一緒に庭に行きましょう」

散らかった書類をかき集めながら、アドニス様は穏やかに微笑んだ。


――その日のうちに、わたしの部屋は北向きで城の隅の客室ではなく、アドニス様と同じ南向きの部屋に移された。

婚約者ではあるけれど、まだ結婚はしていないので隣の部屋ではないけれど。

客室と違い、こちらは婚約者の部屋だと一目でわかる。真新しく品の良い調度品が揃《そろ》えられた、女性向きの部屋だ。客室も辺境伯の城だからファルファラ伯爵家とは比べ物にならないぐらい良い部屋だったけれど、婚約者の部屋は別格だった。

もともと辺境伯家の城は大きく、客室もいくつもある。一番アドニス様の部屋から離れて、まず使うことのない客室にわたしはいたのだろう。

新しい部屋の広さは、わたしがいた客室の倍はある。レースがふんだんに使われたカーテンと、窓際に客室よりも豪華な天蓋付きのベッドが置かれており、お姫様になったかのよう。

白いテーブルの上には花が飾られ、見た目も香りも華やか。

花の模様が細かく彫られたクローゼットの中を見れば、普段使いのドレスとワンピース、それに、夜会用の豪華なドレスまで何着もしまわれている。客室のクローゼットの中にもそれなりに衣類は用意されていたけれど、このクローゼットの中にあるのはすべて一点ものなのだろう。

あらかじめわたしのサイズを調べ、仕立てておいてくれたようだ。夜着に袖を通してみると、ぴったりだった。

この婚姻を嫌がっていると思っていたアドニス様は、本当はきちんとわたしを迎える準備をしてくれていたようだ。勝手に嫌がっていると決めつけていたことを申し訳なく思う。

客室の時と同じように、魔ハーブの鉢植えを窓際に置く。

今日は抱きしめずとも、よく眠れそう。

【二章】 魔ハーブと魔力の流れと

「フィオーリ様、起きていらっしゃいますか？」

いつも通りの時間に目を覚まし、部屋着に着替え終わると、メイさんが部屋にやってきた。

相変わらず無表情で、必要最低限のことしか言ってはくれない。

わたしは出そうになる溜《た》め息をぐっと抑える。

アドニス様がわたしを受け入れてくれたとはいえ、アルフォンスさんを筆頭に使用人達の目はまだまだ冷たい。

わたしを嫌う人間に側《そば》にいられると、気が張って仕方ない。最初の頃は実家との違いに心細さと寂しさとで苦痛を伴っていたけれど、一週間もすれば一人ですべてこなすのも、孤独な食事も慣れてしまった。

特にアルフォンスさんは、アドニス様に会わせたくもない悪女たるわたしが、強引にアドニス様に出会ったことに苛立《いらだ》っているのがわかる。言葉では言われなくとも、目線と気配と全身でわたしを拒絶しているのだ。

執事がそうなのだからメイド達も右に倣《なら》うのは当たり前だけれど……正直、側に来てほしくない。

もともと自分のことはすべて自分でできるから、わたしを嫌うメイドの手を借りる必要がないのだ。髪も自分で結えるし、服も当然着れるのだから。掃除すらもできる貴族令嬢は稀《まれ》だろう。

メイさんは毎日決まった時間に部屋に訪れていたけれど、今日は随分と早い。

「いつもより早いのね……あら？」

彼女がいつも持ってきてくれる食事のワゴンが見当たらない。初日に部屋へワゴンで運ばれてきた食事は、それから毎日だった。

朝昼晩、メイさんが部屋まで運んできて、わたしが一人で食べ終えると、それを片付けて去っていく。だから今日もそうだと思っていたけれど……。

「本日からは、アドニス様と共に、食堂でお食事をとって頂きたいとのことです」

「それは、随分急ですね。アドニス様のご命令ですか？」

「ご準備をお願いします」

わたしの質問には答えずに、メイさんはクローゼットを開けて数着のドレスを見繕《みつくろ》う。わたしがいま着ているワンピースは、すぐに庭いじりができるように質素だ。みすぼらしくはないけれど、とてもアドニス様と一緒に食事をとる服装ではない。

実家から持ってきたドレスならば、一人で着れる種類のみを選んでいたけれど、メイさんが手にするドレスを見ると、細かなリボンが多く、一人で着るには困難だろう。

それにしても……。

(随分と、幼いような気がするのだけど……？)

気のせいだろうか。一番大人《おとな》しいドレスでも裾には木苺《きいちご》の刺繍《ししゅう》が沢山《たくさん》刺されていて、ふんだんに使われたレースが可愛《かわい》らしい。

華やかなものになると、赤地に細い金のリボンが沢山ついているものや、スカート部分が何段にもフリルが重ねられていたりと、幼さに拍車がかかる。

アドニス様のご趣味なのだろうか。流石《さすが》に幼子ほどではないけれど、十七歳のわたしが着るにはいささか可愛らしすぎるような。

普段は無地の無駄《むだ》な飾り気のないドレスを着ているせいか、愛らしい雰囲気のドレスは手にするだけでも抵抗がある。

「もう少し、落ち着いた感じのドレスを選んでもらえますか？」

わたしがクローゼットの中から選んでもよいのだけれど、それをするとメイさんの顔をつぶすことになる。ただでさえ、メイさんとわたしの関係は良好とは言いがたいのだ。これ以上関係を悪化させたくない。

かしこまりましたと頷《うなず》き、淡々と応じる無表情なメイさんからは何も読み取れない。

再度選び直してもらったドレスは、先ほどのドレスよりは色味が多少抑えられているものの、やはり幼さを感じる。

昨日クローゼットの中を見た時には、部屋着と夜着だけを見ていて気づかなかった。おそらくほぼすべてのドレスがそうなのだろう。

せっかくアドニス様が用意してくれたドレスを、着ないという選択肢はない。

地味なわたしがこの愛らしいドレスを着ることには、少々どころではない抵抗がある。けれど今日はこのドレスを着て、アドニス様と食事をとるしかないだろう。

わたしを嫌うメイさんに手伝ってもらうことにも抵抗を感じるけれど、仕方がない。ここで無理に一人で着ようとして時間をかけて、アドニス様を待たせるわけにもいかない。アドニス様はきちんとわたしを婚約者として扱ってくれているのだから。急がなくては。

わたしは、一番大人しくフリルの少ないドレスを選び、メイさんに着付けてもらう。

ドレスを着て鏡の中に映るわたしは、いつもよりも幼く感じる。そっと背中側を確認してみるものの、着崩れや嫌がらせはないようだ。メイさんは嫌いな人間相手にも、仕事はきっちりとしてくれる人らしい。

わたしは彼女に促《うなが》され、急ぎ気味に食堂につくと、アドニス様はすでに席について待っていた。目が合うと、柔らかく微笑《ほほえ》む。本当に穏やかな雰囲気だ。

「遅れて申し訳ありません」

「いえ、まったく待っていませんよ。とても愛らしいですね」

子供向きに思えるひらひらとしたドレスを身にまとうわたしを見て、アドニス様はうんうんと頷きながらそんなことを言う。

笑顔と声の調子から、本心で言っているのがわかって少し恥ずかしくなる。

やはりこのドレスは、アドニス様のご趣味らしい。実年齢よりもアドニス様は年上に見えるけれど、実際一回り以上も歳《とし》の離れたわたしは、アドニス様からしたらこういった可愛らしいドレスが似合う子供にしか見えないのかもしれない。

「素敵なドレスをありがとうございます」

「私は女性の装いには疎《うと》くてね。辺境の地から出ることもほぼなく、王都にもめったに行きませんから、流行もわからなくて……。貴方《あなた》のドレスはすべて、アルフォンスに任せたのです。貴方ぐらいの女性は、リボンやレースが多すぎるものは好まないかと思っていたのですが、気にいって頂けたのなら彼に任せてよかったです」

長い前髪の間から、洞《うろ》のような黒い瞳を細めてアドニス様はアルフォンスさんに頷いた。

その隣に控《ひか》えて立つ彼が、「お役に立てて光栄です」とアドニス様に頷き返す。

（……この幼い雰囲気のドレスは、アルフォンスさんの趣味……？）

首をかしげたくなっていると、彼と一瞬目が合う。

ふっと細められた瞳に悪意が潜《ひそ》んで見えるのは気のせいとは思えない。何故だろう、副音声で『ひらひらドレスで羞恥《しゅうち》に悶《もだ》えるがいい！』と聞こえてきそうな。

嫌がらせなのか素なのかわからない微妙なラインを攻められている気がする。ええ、わたしは貴族令嬢達から様々な嫌がらせを受けていましたからね？　リフォル様の婚約者として妬《ねた》まれ続けていたぶん、こうみえて意外と悪意に敏感なんですよ。

仕立ても良くサイズもぴったりだから、嫌がらせだとはすぐに気づかなかったけれど。

「これからも、フィオーリのドレスはアルフォンスに任せよう」

アルフォンスさんの悪意に気づかないアドニス様が、そんなことを言う。

待って、そんなことをされたら毎日ひらひらしすぎたドレスを着ることになってしまう。

今後もこの調子で最高に仕立ての良い、可愛らしいドレスを嫌がらせで作られてはたまらない。止めなくては。

「こちらはアルフォンスさんの手配だったのですね。とても良いドレスだとは思うのですが、わたしは今後はアドニス様に選んでもらいたく思います」

わたしは、これ以上被害が増さないように、アドニス様にそう提案してみる。

仕立てはいいのだ、本当に。ひらひらとして愛らしすぎることを除けば、着心地もいい。けれどこの雰囲気のドレスを着続けることは精神的に苦痛だ。

可愛らしいマリーナ様だったら似合うかもしれないけれど、わたしにはとても似合っているとは思えない。

先ほど、アドニス様はリボンやレースが多すぎるものはわたしぐらいの歳の子は好まないとわかっていらした。それなら、アルフォンスさんにこのまま任せてさらにリボン増し増しのとんでもなく可愛い、わたしの年齢に不相応なドレスを作られてしまうより、アドニス様にお願いしたほうが絶対に良い。

「私が選ぶのですか？　しかし、先ほど言ったように、私は女性の装いには疎いのです。貴方のように若くて愛らしい女性に相応《ふさわ》しいドレスを選べるかどうか……」

「似合わなくてもよいのです。アドニス様が選んでくだされば、それで」

「フィオーリがそう言ってくれるのなら」

恥ずかしそうにアドニス様は頷いてくれた。

アルフォンスさんも、アドニス様が選んだドレスを否定はできないだろう。

ちらりと彼を見れば、無言で冷たい目をわたしに向けているだけで、特に何も言ってこない。彼がいくらアドニス様に信頼されている執事であれど、使用人。ここで主であるアドニス様を差し置いて自分が選ぶとは強弁できないのに違いない。

やがて運ばれてきたお料理は、いつも部屋でとっていた朝食よりも豪華だ。

実家が貧しかったお陰で、部屋でとっていた食事も良く思えていた。でもこの朝食を見るに、アルフォンスさん的にはわたしが部屋でとっていた食事は貴族女性には耐えられない質素な食事のつもりだったのかもしれない。質素なことに耐性があってよかった。

部屋ではワゴンで一度に運ばれてきていた料理は、きちんと順番に出されていく。

色鮮やかなオードブルと、冷めきっていない温かなコンソメスープ。

実家ではめったに食べられなかった魚料理は、辺境伯領では一般的なのだとか。

辺境伯様の城は森の中にある。けれど森を抜けた西側には大きな湖と川があり、川を隔てた先は荒野で、魔物はそこから多く湧《わ》き出しているとか。

ゆっくりと順番に出される料理と共に、アドニス様は辺境伯領のことを語ってくれる。口ぶりから、この辺境伯領を愛しているのだとしみじみ伝わってくる。

わたしもファルファラ伯爵領の領民達はとても好きだけれど、特産が何か、脅威《きょうい》は何か、どこの地域に何があるか。アドニス様のように滑《なめ》らかにすべてを語れるかというと疑問が残る。

長女ではあっても後継ぎではなかったから、領主教育は受けていないせいもある。けれどアドニス様は領主としてだけではなく、愛する自領のすべてをきちんと把握しているのだろう。

細かな地域名や特産が多く出てきて、時折よくわからない話も出てくる。それでもわたしは、わたしを見て、丁寧《ていねい》に話を続けてくれるのが嬉《うれ》しい。

魔物の話になった時、無表情なアルフォンスさんが少々顔をしかめたことが気になったけれど、久しぶりに人と食べる食事は本当に楽しくて美味《おい》しくて。

あぁ、わたしは寂しかったんだなぁとしみじみ思う。

◆◆◆◆◆◆

ぼんやりとした視界の隅《すみ》に、いまよりも若いわたしとリフォル様がいて、ああ、わたしはまた、夢を見ているのだとわかった。

けれど今回の夢は、婚約破棄されたあの時のことではなく、随分と昔のことのよう。雰囲気からして、四年ぐらい前かもしれない。

周りの風景がどこか白っぽく霞《かす》み、はっきりとしない。わたしは、夢の中のわたしと、リフォル様を少し離れた場所から見つめていた。

ぼやける視界の中、おそらくそこは実家のファルファラ伯爵家の庭なのだろう。見覚えのある景色の中に、魔ハーブも植えられている。

夢の中のわたしは、いつもよりも特に嬉しそうに、魔ハーブの手入れをしている。魔ハーブが妹の体質にあったことが嬉しくて嬉しくて、家の庭で魔ハーブが育ったのも楽しくて。

(あぁ、この時リフォル様に言われたのだっけ……あまり庭いじりはするものではないと)

わたしの記憶の中のリフォル様と同じく、夢の中の彼は、いろいろな魔ハーブを語り続けてしまうわたしを止めた。

「フィオ、あまりこういったことは言うべきではないと思うけれど、庭は、庭師に任せるべきことだと思うよ」

控えめに言われた言葉に、夢の中のわたしは、きょとんとし、次いで、楽しい気持ちが一気に消し飛んで、うつむく。

「……ええ、そうですね。申し訳ございません……」

「怒っているわけではないよ。ただ、フィオが庭師の仕事を奪ってはいけないと言いたかったんだ。それに、常識的に考えて、伯爵令嬢が土に触れていいはずがない。そうだろう？」

魔ハーブに、土に触れていると、とても心が落ち着いたのだ。それは今でも変わらない。

ファルファラ伯爵家では、多くの庭師はいない。長年仕えてくれたお爺《じい》ちゃん庭師が一人いるだけだ。だから、彼の仕事を増やすようなことは極力避けたかったのもある。

けれどリフォル様が嫌だと思うなら、彼の前や人前ではしないように気を付けなくてはいけない、とも思ったのだ。

淡いミルクティー色の癖《くせ》っ毛と、空色の瞳が美しいリフォル様は、わたしにはもったいないぐらい素敵な婚約者だったから。

地味で貧しい伯爵令嬢のわたしと婚約してくれたのは、落ちぶれてしまったとはいえ、わたしの家がこの国の建国まで遡《さかのぼ》れるほど由緒正しいファルファラ伯爵家だからだ。リフォル様のクルデ伯爵家は商家からの成り上がりで、婚約した当初は成金、とクルデ伯爵家を嫌う貴族が多かったのも事実だ。

血筋だけは正しいファルファラ家と婚姻を結ぶことで、クルデ伯爵家は成金という印象を払《ふっ》拭《しょく》し、ファルファラ伯爵家は多額の援助を受けた。

先祖代々かさんだ借金が多すぎて、婚約を結んでからもうちは貧しいままだったけれど。

(今ならわかるわ。リフォル様がなぜ、庭いじりを止めたのか)

婚約破棄されて、いかに噂《うわさ》が恐ろしいか身をもって知った。もしもリフォル様に止められず、家族以外の人前でも庭いじりを披露していたらどうなっていただろう。もっと早く悪意を持った噂が飛び交って、婚約に響いていたかもしれない。社交慣れしているリフォル様はきっと気づいていた。だから、令嬢らしからぬ行動をとってしまったわたしを止めたのだ。

【由緒正しい伯爵令嬢】

それがわたしの価値であり、リフォル様の婚約者に求められていたことだから。

(当時のわたしはリフォル様の気遣いに気づかず、趣味を認めてもらえなかったことにひどく落ち込んでいたけれど……)

記憶の通りしょんぼりと落ち込む夢の中のわたしを、リフォル様が丁寧に慰《なぐさ》めているのを客観的に眺めて見ていると、心無い噂の一つはまんざら嘘《うそ》でもなかったのかもしれないと思ってしまう。わがままな伯爵令嬢とも噂されて、そんなことをしたことはないと思っていたけれど。

庭いじりをしてしまったのは、わがまま、だったのかもしれないから……。

夢の中で、リフォル様はわたしをエスコートして、庭から屋敷へと向かっていく。

その目線は、婚約者を見るというよりは、困った妹を見るような雰囲気だ。

わたしは出会った時からずっとリフォル様をお慕いしていたけれど、リフォル様はそうではないことに気づいていた。彼にとって、わたしは婚約者というよりも妹のような存在だったのだろう。

それでも、美しいリフォル様と共に過ごせるのは、わたしにとって幸せだった。

わたしなんかよりもはるかに美しい令嬢達に、聞こえよがしに蔑《さげす》まれても、社交が苦手で、華やかな場所にも場違い感が否めなくても。

彼はいつだって優しかったから。恋人としての愛はなくとも家族として、共に過ごしていければと思っていたし、わたしの婚約者でいてくれることが幸せだった。

(その幸せは、マリーナ様のドレスを汚してしまった時に壊れてしまったのだけれど……)

夢の中だというのに、つきりと胸が痛む。

くるりと場面が変わって、また違うリフォル様が現れた。

今と変わらない姿のリフォル様は、少し悲し気に夢の中のわたしを見つめている。

あれは、いつのことだったろう。

婚約破棄されるきっかけとなったあのパーティーの、少し前ぐらいだったと思う。

「……その、最近は、どうだい？」

「どう、とは？」

リフォル様の質問の意味がわからず、わたしは首をかしげる。

少し話したいと言われ、リフォル様の家に呼ばれたのだ。

そしていつも通り、彼の部屋で紅茶を頂いていたのだけれど……。

メイド達の様子も、どこか困ったような、戸惑った雰囲気が伝わってきていた。

紅茶を頂いた時にいつも通りお礼を言うと、なぜかほっとされて……？

「特に、変わりなさそうだよね。さっきも、メイドにお礼を言っていて、フィオらしかった」

「はい？」

使用人に礼を言わない貴族も多いことは知っている。けれど、わたしは昔から、家の使用人とは仲良しだ。

特にファルファラ家では仕えてくれている使用人はほんの数人で、お給金も他の伯爵家と比べてずっと少ないはず。そんな中で家事一切を切り盛りしているのだから、感謝しかない。

「ああ、うん、気にしないで。少し気になることがあったのだけれど、フィオは、フィオだから」

そんな風に微笑むリフォル様に、わたしはほんの少しだけもやもやとした気持ちを残したままだった。

いったい、なんだろう？

けれどすぐに話は切り替わり、いつもの楽しいおしゃべりが始まったので、わたしはその違和感を忘れてしまっていた。

――覚えていたら。よくよく話を聞いていたら。何か、変わったのだろうか……。

◆◆◆◆◆◆

「えっ。アドニス様も、庭いじりをされるのですか……？」

わたしは、自分の目と耳を疑った。

いつも通り簡素な服に着替えて庭へ行こうとしたところ、アルフォンスさんと共にアドニス様がわたしの部屋を訪れたからだ。

思わず、アドニス様の横に控えるアルフォンスさんを見上げる。

無表情で冷たい瞳のアルフォンスさんは何も言わない。つまり現実。これは夢じゃない。

アドニス様はこの間と同じく伸ばしっぱなしのバサバサの髪を無造作に一つに束《たば》ね、茶色いローブを羽織っている。格好こそはいつもと同じでも、その手には不似合いな、新品のシャベルが握られている。

辺境伯様が庭いじり……。

「貴方の大切な趣味なのでしょう？　アルフォンスのおかげで予定よりも早く書類仕事が終わったので、私にも教えて頂けますか？」

そんな、少しの嫌悪感もなく微笑まれたら、断るなんて選択肢はない。

確かに先日、書類仕事が片付いたら庭に行くと言ってくださっていたけれど、本気だったなんて。魅力的、と言ってくれたのは社交辞令でもなんでもなく、本心だったのだ。

(両親も、リフォル様も嫌がっていたのに……)

どうしよう。頬が緩む。

正直言って、かなり嬉しい。

「待っていてください、すぐに用意しますから」

わたしは急いでトランクから魔ハーブの種を取り出す。

(植えるのも見て頂く？　それとも剪定《せんてい》？)

本当に一緒にやってもらえるのだと思うと、どきどきする。

早足になりそうなのを抑えて、淑女らしい速度でアドニス様とアルフォンスさんと共に裏庭に向かう。

「裏庭にしたのは、魔ハーブの特性ですか？」

「いえ、丁度、空いている場所が裏庭だったんです」

「表の庭のほうが日当たりが良いのでは？　それに、土の手入れもされていたでしょう」

「確かにそうかもしれませんが、裏庭も、とても魔ハーブに合う土になったんです」

道具を貸してもらえたお陰で作業がはかどったためか、少し乾き気味だった土がすぐに魔ハーブの好むしっとりとした土に変わっていったのだ。固く乾いた土に植えても問題のない魔ハーブだけれど、柔らかく少し水を含んだ土だと成長が早いらしい。

らしい、というのは、乾いた土に植え続けたことがないせいだ。最初は乾いて固くとも、わたしが手入れをしていると、すぐに魔ハーブ好みの土になっていくから、乾いた土で育て続けた経験がない。

三人で裏庭へ赴《おもむ》き、わたしはいそいそと庭具を小屋から二つ持ってくる。アルフォンスさんはしないだろうから、二つで十分だ。アドニス様は心なしかそわそわとしているようで、真新しいシャベルを撫《な》でている。

（いまアドニス様が見ている魔ハーブだと、植え替えでは枯れやすくなってしまうし、なにをして頂こうかしら）

普段は雑草を抜くことが主だけれど、それだけではきっとつまらないと思う。

せっかく、アドニス様が興味を持ってくれたのだから、この機会に魔ハーブ栽培が大好きになってもらえれば最高だ。

「これは、なんていう魔ハーブなんだい？」

「それは、雑草ですね。魔ハーブはこちらですよ。つんつんしている葉っぱのほうです」

アドニス様は魔ハーブではなく、ハーブの横に生え出した小さな雑草を見ていたらしい。

薔薇鞠《ばらまり》のツンツンとした細かい葉をつついてみる。

「そうか、すべてが魔ハーブではないのだね。うん、面白い」

「面白い、ですか？」

「えぇ、とても！　今日もこの魔ハーブを一緒に植えるんですか」

目をキラキラさせているアドニス様に、わたしは少しだけ考えてしまう。

ファルファラ伯爵家よりも辺境伯領は北にある。

だからこの裏庭にはできるだけ寒さに強い種類の種を中心に数種類植えてある。いまアドニス様にお教えしたのは薔薇鞠と呼ばれる魔ハーブ。

ツンツンとした細い葉が特徴的で、常緑。お手入れも簡単で香りもよいのだけれど、植え替えるとすぐに枯れてしまうのが難点だ。

わたしの植え替え方が良くなかったのかもしれないけれど、何度か挑戦してだめだったので、もう薔薇鞠のハーブは植え替えないようにしている。

でもそうすると、新しく種を植える？

(土を掘るだけでわたしは楽しくなるけれど、穴を掘って種を落とすだけでは、地味な作業よね……)

でも、アドニス様はシャベルを持っていらっしゃるし。

「アドニス様、今日はどのぐらい一緒に裏庭にいられますか？」

「そうだね、今日はこの後何も予定は入れていないからね。フィオーリの作業が終わるまで一緒にここで過ごせると思う」

「アドニス様、失礼ながら申し上げます。書類仕事はまだまだ残っております。何時間もここにいることは不可能です」

「ああ、そうか、そうすると、うーん、一時間程度かな……？」

一時間。それだけあれば、種植えだけでなく、他の作業もできそう。

雑草抜きでなく、アドニス様にも楽しんでもらえる作業……そうだ。

「アドニス様、挿《さ》し木をしてみますか？」

「それは、どのように作業するんだい？」

「まず、シャベルを置いて頂いて、こちらの鋏《はさみ》を使います。武骨で大きめなので、取り扱いには注意してくださいませ」

事務仕事で使う鋏よりも、庭用の鋏は大きい。刃先部分はそれほどでもないけれど、作業用の手袋をつけていても指を通せるぐらい持ち手は大きいのだ。……あぁ、忘れるところだった。作業用の手袋をまず使ってもらわないと怪我《けが》でもしたら大変だ。

「アルフォンスさん、アドニス様が使えるような男性用の作業用手袋をお願いできますか？素手で作業しますと、怪我をする恐れがありますので」

小屋の中には使い古した作業用手袋がまだあるけれど、アドニス様にそれを使わせるわけにはいかないだろう。少なくともアルフォンスさんが許すとは思えない。

「すぐにご用意させて頂きます」

アルフォンスさんは踵《きびす》を返して城のほうへ早足で戻《もど》っていく。

彼が去るとほっと肩から力が抜けた。ほぼ無言とはいえ、彼は威圧感が強いから、側にいられると緊張する。

「手袋はフィオーリと同じものではいけないのかい？」

「使い古しですから……」

「私も同じもので構わないんだよ？」

「いえ、そういうわけにはいきません。古くて使いづらくて怪我でもしてしまったら大変ですし」

「ふむ、そういうものかい？　それにしても、ここは貴方と同じ匂いがするね」

アドニス様が魔ハーブの香りに目を細める。

大分育った魔ハーブ達は、柑橘《かんきつ》系の良い香りをあたり一面に満たしている。

大きく空気を吸い込むだけで、疲れが取れるよう。

「いつもここにいますから、匂いがついてしまったのでしょう」

「香水とは違う自然な香りが心地良いですね。思い切り、吸い込みたくなる」

アドニス様は伸びをするように大きく息を吸い込んだ。

心なしか、もっさもさの木の葉のようなアドニス様の髪も喜んでいるように感じる。

「アドニス様……」

「アドニス様、手袋をお持ちしました！」

わたしとアドニス様の間に割り込むように、アルフォンスさんが飛び込んできた。戻ってくるのが早すぎなのでは。とても急いだのだろう、息が上がっている。

無表情を崩さないアルフォンスさんから、絶対に二人きりにはさせない、そんな強い決意を感じた。おかしな会話などしていないのだけれど……。

ふるふるっと頭を振って気を取り直し、わたしは真新しい作業手袋をはめたアドニス様に挿し木の説明をする。

「薔薇鞠の魔ハーブは、挿し木で増やすことができるんです。まず、上から十センチぐらいを切ってください」

わたしが手近な薔薇鞠を一つ、屈《かが》んで見本として切ってみる。すくすくと三十センチほどの高さに育った薔薇鞠は、大体三分の一ほどを切れば挿し木に丁度《ちょうど》いい。

見様見真似で、アドニス様もゆっくりと薔薇鞠を切る。恐る恐るといった感じが初々《ういうい》しくて微笑ましい。

「このあたりでいいかな。いや、この辺だろうか。それにしても……ふむ？」

アドニス様は何か気になることがあるのか、すすすっと、薔薇鞠をさすったりしている。

「どうか、しましたか？」

「いえ、もう少し様子を見てみましょうか」

何の様子だろう？

少し気になるけれど、アドニス様は庭作業というものに実際触れてみても、嫌悪感を持っていなさそう。アルフォンスさんなんて、微動だにせずとも眉がほんの少し寄っているのに。

（……機嫌が悪いのは、裏庭にいるせいでも、庭作業のせいでもなく、わたしがいるからかな……）

その可能性は正直高いけれど、気にしていてもしょうがない。わたしは彼から意識をそらし、アドニス様の作業を確認する。

「アドニス様も枝を切れましたね？　そうしましたら、枝の下のほうの葉は取り除きます。こんな感じですね」

ぷちぷちと枝の下のほうの葉を取り除くと、アドニス様もとても真剣なまなざしと手つきで、わたしの枝と同じようにしてくれる。

「何本ぐらい作ったらよいのだろう」

「そうですね、五本程度でしょうか」

使われていない裏庭には、まだまだ十分な空きがある。

挿し木で増やしても問題ないだろう。収穫量が増えるのは嬉しい。沢山取れたら実家の妹にも送ってあげたい。

アドニス様は最初こそ恐る恐るだったものの、最後の五本目には慣れた手つきで茎を切り、余分な葉をするすると取り除いている。

「あとはこの茎に水をたっぷりと吸わせて土に挿せば挿し木は完成です。時間が少しかかりますので、いったんお預かりしますね」

小屋に置いてあったバケツに水を張り、そこにアドニス様から受け取った薔薇鞠を挿す。少しの間置いておいて水を吸わせれば十分だろう。

「なんだか楽しいね。ほかにもできることはあるかい？」

パチパチと鋏を鳴らし、アドニス様は瞳を輝かす。

魔ハーブが生い茂るこの裏庭で、アドニス様のもっさりとした深緑の髪に覆《おお》われた容姿を見ていると、大きな木が小さな木を守っているかのよう。ほかほかと暖かい小春日和《こはるびより》なせいもあるのかもしれない。

「そうしましたら、剪定もしてみますか。薔薇鞠は時期的に枯れてしまうので、となりの香林檎《かおりりん ご》はどうでしょう」

アドニス様の髪に負けず劣らずもさもさとし始めていた香林檎は、繁殖が早い。一センチほどの長さの髪のように細い葉っぱが、一本の茎に何十本もみっちりと生えている。

このまま放っておくと、どんどん横に低く広がっていってしまう。今もすでに裏庭を覆わんばかりの勢いで成長を続けているのだ。魔ハーブティーにもできるし、林檎のような香りはドライフラワーにしても良いし、使い道は多いけれど、成長が少し早すぎるのが困りものだ。

「やはり貴方が触れると、草花が喜んでいるようですね」

わたしが先に例を見せて余分な葉を切り落として見せると、アドニス様はそんなことを言いだす。

「えっと、喜ぶ?」

草花が?

わたしは、魔ハーブ達をじっと見つめる。けれど普段と変わらず、青々と生い茂る魔ハーブにしか見えない。もちろん、その存在にわたしが癒《いや》されているのはいつものことだけれど。

「えぇ、私にはわかるんです。この裏庭の魔ハーブ達は、貴方といられて嬉しそうです。それに、フィオーリの指先から、魔力が滲み出ていますよ」

「わたしの魔力が魔ハーブ達に?」

魔力が高いと、そんなことも感じられるのだろうか。

指先を見てみてもわたしの目には何も映らない。

けれど昔から、わたしも植物に安らぎを感じることが多かった。

魔ハーブがわたしに安らぎを与えてくれるように、魔ハーブも喜んでくれているならこれほど嬉しいことはないだろう。

「魔ハーブがあまり植えられていないのは、多少なりとも成長に魔力が必要だからなんです。もちろん、世界に満ちる自然な魔力で十分育ちますが、それには長い月日が本来かかるものです。けれどフィオーリの魔ハーブは貴方の魔力を得て、こんなにも早く丈夫に育っています。

それに土もですね。ここの土が変わったのは、フィオーリの魔力の影響ですよ。間違いありません」

「わたしは、魔法は自分で使えたことがないのです……」

自分に魔力があるのは知っている。わたしやアドニス様のように珍しい髪色の持ち主は大抵《たいてい》が魔力持ちだから。

けれど魔法を学ぶには高い授業料がかかる。教えてくれる魔導師を家に招くお金などファルファラ伯爵家にはなかった。

「えぇ、知っています。けれどその鮮やかな橙《だいだいいろ》色の髪色の通り、貴方には強い魔力があるんです。試しに、一緒に魔力の流れを感じてみますか？」

わたしが魔法を使えるようになる？　本当に？

何のとりえもないわたしが、魔法を使えるようになるなんて。

「……アドニス様さえ、よかったら」

「もちろんですよ。さぁ、手を」

アドニス様が手袋を外し手を差し出すので、わたしも手袋を取ってその手を取る。

すっと、手を握ったまま、わたしの指先を魔ハーブに触れさせる。

「あっ、なにか、指先から流れるような？」

「そうです、それが魔力ですよ。見えなくとも、感じるでしょう」

「普段は何も感じなかったのに……」

「私の魔力を指先にまとわせて、フィオーリの魔力を感じやすくしたんです」

するすると水が流れるように指先から魔力が流れ、魔ハーブが嬉しそうにそれを受け取るのまでわかる。

(本当に、わたしが魔法を使えていた？　いえ、魔法とは違うけれど、わたしの魔力が魔ハーブを育てていた？)

信じられない。

確かに魔ハーブの育て方の本に載っている日数よりも、随分早く育ってはいた。けれど品種や土地柄によっても変わるとあったし、普通だと思っていたのに。ほかに育つ魔ハーブを見たことがなかったたし、魔ハーブについて話せる友人知人もいなかったから気づかなかった。

「さぁ、次は、この鋏にも同じように魔力を流してみてください」

「こう、でしょうか」

おっかなびっくりになってしまう。魔ハーブは、わたしが意識せずとも勝手に魔力が吸われるように流れていってくれたけれど、鋏はどうなのか。

アドニス様の指先から、アドニス様の魔力を感じる。

「一度魔力を感じ取れると、次からはそれほど意識せずともわかるようになりますよ」

鋏に触れながら、魔力の流れを意識してみる。

「あっ、流れましたっ」

思わず鋏から手を放してしまったけれど、指先から確かにわたしの魔力が鋏に流れた。

魔ハーブと違い吸い込まれていく感じはなく、鋏の周囲を包むように魔力が覆った感じだ。

「慣れると、こんなことも気楽にできるようになりますから、高いところの枝も脚立《きゃたつ》を使わずに切ることができるでしょう」

「ああっ、鋏が浮いて⁉」

アドニス様が触れた鋏がアドニス様の手を離れてふわふわと宙に浮かぶ。

いままで魔法があることは知っていても、身近で見たことはない。

「これぐらいなら、フィオーリにもできるようになると思います」

「わたしのほうの鋏は動かなそうですが……」

流れた魔力をどう扱えばアドニス様のように鋏が浮くのか、さっぱりわからない。

「アドニス様、恐れながら申し上げます。貴族令嬢に鋏を向けるのはいかがなものかと」

「ああ、そうだねアルフォンス。鋏が不用意に動きでもしたら傷を負うかもしれなかったね。申し訳ない」

「いえ、あのそんな、アドニス様の魔法が間近で見られて嬉しかったです」

浮かせていた鋏を握って申し訳なさそうな顔をされると、慌《あわ》ててしまう。

一生魔法なんて使えないと思っていたわたしが、魔法とまではいかなくとも魔力を無意識にでも使えていたのだ。嬉しくないはずがない。

（魔法って、魔物を倒すものとばかり思っていたわ）

この国の魔導師団が主に駆使する魔法は国を守る結界魔法と、魔物を討伐する時に用いられる攻撃魔法だ。日々の生活に必要な生活魔法は魔法石や魔導石に込められた魔力で発動する家具があるものの、ファルファラ伯爵家ではそれらも貴重品だからおいそれとは使用できなかった。

「続きの庭作業は、きちんと手でさせてもらうよ」

そういえば、剪定の途中だった。

「アドニス様さえよかったら、アドニス様は魔法で鋏を使って頂けませんか？」

「おや、いいのかい？」

「はい、魔法を見る機会があまりなかったのです。だから、このまま見させてもらえたら」

頷くように宙に浮かぶ鋏がぱちぱちと刃を鳴らした。

パチンパチン♪

パチンパチン♪

アドニス様とわたしが剪定する鋏の音が、楽しく響く。

でも……。

（アルフォンスさんの機嫌が怖い……）

背中に、ずっと冷たい目線が突き刺さっている。

アドニス様の手前、何も言われないでいるけれど、刺々《とげとげ》しい雰囲気がずっとわたしに付きまとっているのだ。辺境伯様に庭仕事をさせるなんて、非常識すぎるのだろう。

「アドニス様、魔導電話が届いております」

城のほうからメイドがやってきて、アドニス様は「すぐに戻ります」とわたしに言って城に戻った。

あぁ、アルフォンスさんと二人きりは気まずい。

無言の時間が刺々しく、何をされたわけではないけれど気持ちがピリピリとしてしまう。うつむき加減に癒しの魔ハーブを見つめても、彼の視線が気になる。そちらを見れば間違いなく目が合うのだろう。でもこのまま無言で緊迫した空気は辛《つら》い。

そうっと、目線をアルフォンスさんに向けると、ああ、やっぱり目が合ってしまった。

さりげなくそらすには目が合いすぎていて背《そむ》けるわけにもいかず、見つめ合うこと数秒。

「……あの、なにかありますでしょうか……」

おっかなびっくりなのは許してもらいたい。アドニス様の部屋では強気に出たわたしだけれど、あれは切羽《せっぱ》詰まっていたからできたこと。

正直アルフォンスさんは怖い。

「単刀直入に申し上げます。このような庭いじりなど、アドニス様にさせないで頂きたい」

アルフォンスさんは怒りを堪《こら》えているのだろう。無表情でも握った拳《こぶし》が白い。

でも待ってほしい。

今日わたしの部屋に庭いじりに同行させてほしいと来てくれたのは、アドニス様の意思だ。

「貴方もご存じの通り、これはアドニス様が望んでされたことです。わたしが無理強《じ》いをしたわけではありません。ずっと側にいらしたのだから、見ていらしたでしょう？」

「愛らしい見た目でアドニス様を惑わし、ドレスを強請《ねだ》り、挙句《あげく》の果てには庭師の仕事までさせて貴方はアドニス様をどうされたいのですか」

「愛らしい見た目で惑わす……」

そんな事、生まれてこのかた言われたことがない。

両親だけはいつも『フィオーリは可愛いわよ』と褒《ほ》めてくれていたし、一つ下の妹も、『フィオ姉さまは美人だし！』とも言ってくれていたけれど、それはいわゆる家族だからだ。

正直、わたしは家族の中でも平凡すぎた。妹ならお父様似の淡い金髪で、華奢《きゃしゃ》で儚《はかな》げな容姿をしていたから、愛らしいという表現がぴったりと合うけれど。

元婚約者のリフォル様は貴族子女の誰もが憧れるような美貌の持ち主だったから、わたしがお世辞をまともに受け取ることはありえない。

鏡を見れば一目瞭然《いちもくりょうぜん》で、決して醜くはなくとも、特段優れた容姿ではない。愛らしい見た目とアルフォンスさんが思うなら、それはきっと悪女という噂の先入観のせいだろう。

ドレスの件にしても、強請ったわけではない。アルフォンスさんが最初から年相応のドレスを用意してくれていたならよかったのだ。いまあるドレスも少し手直しすれば着れないこともない。けれど今後作るのであればまともなドレスにしてもらいたかったから、アドニス様に選んで頂くことにしただけ。特にこれ以上必要もないのだから、今後の被害を減らそうという予防策なだけだ。

「外見も噂通りなら、アドニス様だって惑わされることもなかったでしょうが……私のような使用人風情が言うことではないことは重々承知しております。けれど、この際はっきり申し上げます。貴方はアドニス様に相応しくありません！」

「では、どなたなら相応しいのですか」

「そ、それは……」

間髪入れずに聞き返すわたしに、アルフォンスさんは口ごもる。そうよね。いるはずがない。もしそんなに相応しい令嬢がいたなら、その方を押しのけてわたしがアドニス様の婚約者としてこの地を訪れることなどなかったのだから。

彼も必死なのだろう。使用人が伯爵令嬢で辺境伯の婚約者であるわたしに意見するなど、本来ありえない。アドニス様を悪女たるわたしから守るために、仕事を失ってもよい覚悟ですらあるのだろう。

（噂は、どこまでもわたしを苦しめるのね……）

公爵令嬢リディアナ様の怒りを買ってしまったわたしには、反論が許されなかった。あの因縁のパーティー会場で、マリーナ様にワインをかけたのは決して故意ではなかったのに。

わたしがもしあの時いまのアルフォンスさんのように、不敬ともとれる強さではっきりと弁明できていたら、辺境まで届いてしまうような不名誉な噂は立てられずに済んでいたかもしれない。

けれどいくら考えても過去は変えられないし、噂を消すことすらできないけれども……せめていまここでアルフォンスさんの誤解を解けはしないだろうか。

「アルフォンスさんもご存じのことだとは思いますが、この婚約は王命です。いくら貴方がわたしを相応しくないと考えても、婚約を覆《くつがえ》すことはできません」

「貴方さえ勝手に出ていってくれれば……っ」

「辺境伯様が断らない婚約を、たかが一介の伯爵令嬢が拒否できるとでもお思いですか」

「拒否だなどと、貴方はあの素晴らしいアドニス様に不満があるとでもいうのですか」

「アドニス様に限らず、どのような方とであっても、王命は無視できるものではないと言っているだけです」

ああ、だめだ。火に油を注いでしまっている気がする。もともとわたしは社交が苦手で、口がうまいとは言いがたい。交渉事などにも向いていない。

「アドニス様は本当に素晴らしい方なのです……」

苦しげに目を細めるアルフォンスさんに、わたしは言葉が出てこない。

アドニス様は見た目こそ噂通りの方だけれど、その内面は穏やかで誠実な方だと思う。噂のような化け物には程遠い。

この城に来てから早一月。

アドニス様と過ごす時間も増え、使用人達のアドニス様への態度も間近で見てきたから、どれほど使用人達に慕われているかわかる。常に穏やかで、使用人達のことをアドニス様も大切に思っているからだろう。

その中でも特にアルフォンスさんは心酔しているといってもいいほどで、いつもアドニス様が過ごしやすいように努めている。

なのに婚約者として寄越されたのが婚約破棄された傷物令嬢のわたしでは、怒りが湧くのも無理はない。来た当初、客室とはいえきちんと手入れのされた部屋と、日々の食事や生活が保障されていたのが奇跡のよう。

(でも、わたしだって、好きで辺境にやってきたわけではないのに……)

元婚約者のリフォル様とは、十二歳の時に婚約して、十七歳になる今年まで五年間ものお付き合いがあったのだ。なのに婚約破棄されて、まだ三か月と経《た》っていない。

あの辛かったパーティーさえなければ……リディアナ様の怒りに触れたりしなければ、きっといまもわたしはリフォル様と共に過ごしていたのだ。

誤解を解きたいとは思った。優しいリフォル様だから、下位令嬢を虐《しいた》げるような行為をしたとされるわたしの話も、きっと聞いてくれたでしょうから。

でも怖かった。もしも、噂を信じて、拒絶されたら……？

会うのが怖かった。彼の前に立つ勇気がなかった。

いろいろ理由をつけて、わたしは、部屋に引きこもり続けて、何もせずに泣き暮らしていただけだった。

両親はそんなわたしにもう婚約はしなくとも良いし、ずっと家にいても良いとまで言ってくれていたのだ。

そんな中での、この王命。アドニス様に限らず、どのような方とであっても、わたしは心より喜ぶことはできなかったと思う。

それでもわたしは、アドニス様と良い関係を築いていけたらと思っているのだ。

リフォル様への思いがないと言えば嘘になるけれど、時間が解決してくれるのを待つしかないのだし。

「……貴方は、魔物の大暴走をご存じですか」

苦しげに、アルフォンスさんが声を絞り出す。

「むしろ知らない人のほうがいないのではありませんか」

この世界では、時折魔物が大量発生することがある。常時世界のあちらこちらで魔物は見られるものだけれど、大量発生時には大暴走が起こることも多い。

　特に辺境の国境沿いは魔物が発生しやすいらしい。各国を守る結界の外側だからか、別の理由があるのかは定かではないものの、王都と比べて辺境が一番魔物の被害が多くなりやすいのは事実だ。当然、大暴走の被害も辺境に集中している。

　だからこそ、華々しい経歴を持つアドニス様であっても、辺境の地を恐れた婚約者候補の令嬢達から断られ続けていたのだから。

「いいえ、いいえ！　貴方は魔物というものをわかっていらっしゃらない。あやつらがどれほど狂暴で残酷か知っていますか？　いいや知らないはずだ。王都でぬくぬくと守られて育ったご令嬢が、知る由《よし》もない。目の前で家族を失う苦しみも、何もかもが破壊し尽くされる恐怖も、貴方は何も知らないはずだ。あの時アドニス様が来てくださらなかったら、この辺境領は今頃魔物の巣窟《そうくつ》だった！」

「……アドニス様は、アルフォンスさんの恩人なのですね」

「えぇ、えぇ、そうですとも！　私と家族はアドニス様に命を救われたのです。私だけじゃない、アドニス様はこのグランゾール辺境伯領の救世主です。あの方がいらっしゃるからこそ、辺境領は魔物の被害に苦しむことのない豊かな土地に変わったんです。アドニス様は私達の希望です。あの方は私達使用人も家族のように大切に思ってくださる方です。身分を笠に着て人を人とも思わない傲慢な貴方にはわからないことでしょうが……あの方を傷つけるようなことだけは、どうか絶対になさらないでください……」

一気に言い切ると、肩で息をし、アルフォンスさんは辛そうに顔を背けて去っていく。

(傷つけたいなどと、思ったこともないのに)

深く、深く溜め息をつく。

心の奥に流し込まれたかのような、アルフォンスさんの言葉を吐き出すように。

暖かな日差しの中にいるのに、指先まで凍っていくよう。

魔物の恐ろしさは、話に聞いたことがある程度。実際に目《ま》の当たりにしたアルフォンスさんに知識しかないわたしがかける言葉はあるだろうか。

わたしには魔物を見た経験も、それによって大切な人達の命が奪われた経験もなにもない。

王都で守られて育ったのは本当で、大暴走など歴史の書物で読んだだけだ。

誤解を解くどころか、もっと溝が深まってしまったような気がする。

「すみません、お待たせしましたっ」

気を取り直して、魔ハーブに触れていると、アドニス様が戻られた。

わたしの顔を見て、はっとする。

「……顔色が悪いようですが、何か、ありましたか?」

すっと、アドニス様がわたしの頬に触れる。ひんやりとした骨ばった指先が頬から首筋を辿《たど》り、耳の後ろに触れた。

（アドニス様は、わたしの噂を知っているの……？）

知らないのかもしれない。

知ってしまったら、アルフォンスさんのようにわたしを嫌がるのかもしれない。

「熱はないようですね。ですが顔色が真っ青《まさお》です。待たせすぎてしまいましたね」

「いいえ、そんなことはありません。魔ハーブに触れていると、時間って、一瞬で過ぎ去ってしまうんです」

これは本当のこと。実家でもついつい庭にい続けて、妹達が呼びに来ていたから。

「少し、じっとしていてくださいね」

アドニス様が、わたしの両手を取り、その骨ばった手で包み込むように優しく握りしめる。

その指先が黄緑色の光を帯びて、光はわたしの中に流れ込んだ。

これは、治癒魔法……！

「こんな貴重な魔法をわたしなんかに……っ」

「わたしなんかなどと言わないでください。貴方は私の大切な婚約者なのですから。ふむ、疲れが溜まってしまったのかもしれませんが……うん、頬に赤みが戻ってきましたね。でもどこか、辛いところはまだありますか？」

「いいえ、大丈夫ですっ、ありがとうございます」

アドニス様はほっとしたように笑う。

（……そんなに、酷《ひど》い顔色をしていたのかしら……していたのでしょうね。とっさに治癒魔法を施してくれるほどに……）

ほかほか暖かい魔法に包まれて、重たくなった心の中が解けていくよう。

「そうだ、そろそろ挿し木をしましょうか。先ほどアドニス様に切っていただいた茎を土に挿すだけなんですけれども」

新品のシャベルを使いたそうにしていたアドニス様だけれど、直接土に触れるのはどうだろう。せっかくなら使わせてあげたいと思うけれど、土に触れること自体が貴族のすることではないのも事実だ。

けれどアドニス様を見ていると、庭いじりに本当に嫌悪感を持っていないようで、いまからすることに興味津々《しんしん》という雰囲気だから、気を取り直して一緒に楽しい時間を過ごしたい。

「このまま何もせずに、土に突き挿す感じかい？」

「そうですね、アドニス様が持ってきてくれたシャベルで少し土を掘りましょうか。こんな感じです」

空いている裏庭に屈んで、わたしはシャベルで程よい深さに穴を掘る。

先ほどアドニス様に教えてもらった魔力が、触れた土にも流れ込むのがわかる。一度意識すると特に何をするでもなく感じ取れるというのは本当だった。

魔ハーブを植えるのに最適な土になるよう、無意識に魔力が働いている。よくよく考えれば、肥料も何も与えていなかったのに、実家の土が変わるのはおかしかった。魔ハーブに出会う前は、庭いじりをしたことがなかったから気がつかなかった。

バケツに入れておいた薔薇鞠を一つとって挿し、倒れない程度にふんわりと土を盛る。

日向《ひなた》の土は冬でもほんのり暖かくて、ふわふわだ。

「あんまり深くは掘らないのだね」

「そうですね、土に入っている部分と、土の上に出ている部分が半分ずつぐらいでしょうか」

余分な葉っぱを落とした部分を土に埋めると丁度いい。

わたしの隣に屈んだアドニス様は、うんうんと頷いて、次々と薔薇鞠を挿し木していく。

「本当に良い匂いだね」と鼻歌でも歌いそうなぐらいに嬉しそう。

あ、でも。

「アドニス様、髪が地面についてしまっています」

一本に束ねただけの長い長い髪が、地面を這《は》うようについてしまっていて、わたしは立ち上がってアドニス様の髪を持ち上げる。

「危ないっ」

「えっ？」

アドニス様がいままでのおっとりさが嘘のように焦《あせ》った声で、わたしが抱きかかえる髪を引っ張った。その拍子に倒れかけるわたしをアドニス様が抱きとめる。でもぐっと髪を握ってしまっていたからか、わたしの手の中にはアドニス様の髪の束がしっかりと残っていた。

その毛先を見て、アドニス様は目を見開いて驚愕《きょうがく》の表情を浮かべている。

「……何とも、ないのですか？」

絞り出すように、アドニス様が問いかける。

「えっと、はい？」

何がだろう。

「わたしはなんともありませんが、むしろアドニス様の頭が引っ張られてしまって、痛かったのではないでしょうか？」

「驚きました……私の髪は、他人が触れると静電気のように痛みが出てしまうんです。だから誰も、私の髪にはさわれなくて。それなのにフィオーリは何ともないだなんて」

痛みが出る？

わたしは、アドニス様の深緑の髪を手の中でにぎにぎと握ってみる。

ごわごわと傷んで弾力はあるものの、静電気のような痛みなんて少しも感じない。

「相性がよかったのでしょうか」

「そうかもしれません。私は魔力を髪に蓄えているんです。そのせいだと思うのですが、触れると相手に痛みが走ってしまうんですよ。なのにそんな風にしっかりと私の髪を持つことができるなんて」

「植物のようだからかもしれませんね」

「私がですか？」

「はい。あ、えっと……」

しまった。先ほどからアドニス様がずっと大きな木のように思えていたせいで、失礼だったかもしれない。

「ふふっ、この髪の色ですからね。魔ハーブと同じであり得るかもしれませんね」

にこにこと穏やかに笑うアドニス様は、植物扱いを少しも気にしていないようでほっとする。

(でも……だからアドニス様の髪はこんなにも無造作だったのね)

疑問ではあったのだ。あれほどアドニス様に心酔しているアルフォンスさんが、なぜこんなにもぼさぼさなアドニス様の髪を放置しているのかと。

髪や肌の手入れに欠かせない美容品は、高価なものが多い。ファルファラ伯爵家のような貧しい伯爵家では、毎日のように使う贅沢《ぜいたく》はできない品だった。

けれど裕福なグランゾール辺境伯家で、美容品が高くて買えないということはまずないはず。滅多《めった》に王都へは行かないとしても、最低限の身だしなみは貴族として当然のことで、みすぼらしいと、それだけで下に見られてしまう。

けれど髪に誰も触れる事ができないのなら、アドニス様自身で髪の手入れをするしかないのだろう。忙しい中、凝《こ》った髪型にすることもし辛く、自然と一つに束ねるだけになってしまったのかもしれない。

アドニス様が挿し木を終える間、わたしはずっと、アドニス様の髪を抱きかかえていた。

◇◇◇◇◇

「フィオーリ様、本日はどうされますか？」

メイドのメイさんが、珍しいことを尋ねてきた。普段は自分から話しかけてくることなどなく、無言を貫いているのに。

わたしは窓際の魔ハーブの匂いを嗅ぎながら、首をかしげた。

彼女は食事や湯あみの時間などを知らせに来てくれる。けれど先ほどアドニス様と朝食を済ませたばかりで、今は特に何もないはず。

ちらりと、メイさんの目線が魔ハーブに向いた。

……まさか。

メイさんが止める間もなく、わたしは全力で裏庭に向かって走り出した。

（いくらなんでも、いいえ、でも）

アルフォンスさんの顔が思い浮かぶ。

アドニス様に庭いじりなどをさせたくない彼。わたしを毛嫌いしている彼。

そんな彼が、どんな行動をとるのか。

「あっ……」

北の裏庭に辿り着いた。

昨日まで、青々と茂っていた魔ハーブ。

アドニス様と二人でお手入れをした魔ハーブ。

けれどそれは、いまやどこにもない。掘り返された茶色い土があるだけだ。

「……嘘でしょう？」

わたしは、土に触れる。乱暴に引き抜かれたのであろう魔ハーブの根が所々に交じっている。

「お客さんっすか？　そんなところにうずくまってちゃ汚いっすよ」

見知らぬ声に振り向くと、何かの苗を持った若い庭師が佇《たたず》んでいた。

「貴方、ここで何をしたの……」

「何って、雑草を抜いたっすよ。いつの間にか裏庭に雑草が生い茂っちゃって」

「そ、そんな……」

「お客さん？」

笑顔で首をかしげる彼に罪はない。

こんな大きな城と庭だ。ファルファラ伯爵家と違って、庭師はあの初日にあったお爺さん一人だけじゃない。きちんと裏庭のことを周知してもらうべきだった。迂闊《うかつ》だった。

「あれは雑草ではないの、大切な魔ハーブなの。抜いた魔ハーブはどこかにまだありますか？」

「えっ、あれ抜いちゃダメだったんすか？　全部まとめて置いといたっすけど、まだ燃やしてはいないっすね」

こっちですと、若い庭師が案内する。雑草を抜いてまとめた場所に、魔ハーブのさわやかな香りが漂っている。駆け寄って根に触れた。

（よかった、まだ枯れていない！）

夏場じゃなくてよかった。

抜かれた魔ハーブの根はまだ乾燥しきっていないし、葉もしなび切らずに元気がある。

わたしは、雑草の山の中から、魔ハーブを選び出して救い出していく。

「これ、良かったら使ってくださいっす。ほんとに申し訳なかったっす……」

「大丈夫よ、まだ魔ハーブは枯れていないわ」

アドニス様だって、雑草と魔ハーブの区別がついていなかった。庭師のこの少年がどの程度庭を管理していたかわからないけれど、魔ハーブを見たことがなければ雑草と勘違いされても無理もない。だってまだ花も実もなく、ただの葉っぱなのだから。

若い庭師が差し出してくれた布袋に魔ハーブを詰めなおす。

両手で抱えて戻るよりは、傷まないといいのだけれど。

大量の魔ハーブの入った布袋を抱え、わたしは裏庭へ戻る。見知らぬ庭師の少年も一緒についてきてくれた。

「オレも手伝うっすよ」

「いいえ、貴方は、他にも仕事があるのでしょう？　ここは、わたし一人で大丈夫だから。ね？」

きっとこの子は何も知らない。

わたしが、悪名高きフィオーリ・ファルファファラ伯爵令嬢であることも。でなければ、こんな風に気さくに話してくれることはありえない。この城の使用人達には、皆、わたしとは口をきかないように通達されているようなのだから。わたしと一緒に仲良く庭仕事をしているのをアルフォンスさんにでも見られたら、この子が職を失いかねない。

「わかったっす、何か必要なものがあったら声かけてくださいっす」

名残惜《なごりお》しそうにしながらも、庭師の少年は去っていく。これで、彼が巻き込まれてしまうことはない。

（……よし）

植え替えられるものを植え直していこう。わたしはぐっと気合を入れ直して、布袋から魔ハーブを土に植え直す。ぽんぽんと土を叩《たた》くと、魔力が流れていくのがわかる。

(薔薇鞠は、多分植え替えても根付かないでしょうね)

本当に枯れやすい魔ハーブだから、昨日と同じように挿し木が良い。その他の魔ハーブは植え替えにも耐えられるから、根さえあれば根付いてくれるはず。

わたしはテキパキと魔ハーブを土に戻していく。

いくつもの魔ハーブが傷んで折れてしまっているのを見ると泣きたくなってくる。せっかくアドニス様と植えたのに。

育たず枯れてしまったりしたら、アドニス様も悲しむだろう。あんなに楽しそうに手入れをしていたのだから。

(あら……？)

触れた魔ハーブが、わたしの指先から魔力を吸いたがっているように感じる。よくわからないけれどそう感じるのだ。なら、吸いたいだけ、吸わせたい。

そう思ったら、昨日よりもずっと強く魔力の流れを感じて、くったりと萎《しお》れかけていた魔ハーブの葉が、みるみる元気を取り戻した。

(すごい……っ)

これなら、すべての魔ハーブを助けられるのでは？

期待を込めて、わたしは布袋からすべての魔ハーブを取り出す。特に萎れている子から順番に触れていくと、わたしの魔力をグングン吸い取って次々と元気を取り戻していく。

(アドニス様がわたしに魔力の流れを教えてくれたから、みんな、助けることができたのよ)

いくつかの魔ハーブは、そうでなければきっと枯れていた。

(アルフォンスさんを疑ってしまったのは悪かったな……)

すべての魔ハーブを土に戻すと、罪悪感が湧いてくる。

彼に何かされたのだと思ってしまったけれど、あの庭師の少年はどう見ても何も知らなかった。それに、アルフォンスさんは執事としては完璧な人だ。わたしを嫌っていても、主たるアドニス様の植えた魔ハーブを処分するはずがなかった。

(メイさんは、なんで教えてくれたのかしら)

彼女が普段と違う行動をとらなかったら、魔ハーブは雑草として燃やされていたに違いない。

お昼前に部屋に戻ると、メイさんが控えていたので単刀直入に聞いてみた。

「どうして、教えに来てくれたのですか?」

「……アドニス様が楽しそうでしたから」

「とても助かりました。ありがとうございます」

相変わらず無表情だし、基本的に無口な彼女だけれど、以前ほど気配が厳しくないのは気のせいではないだろう。

アドニス様が楽しそうにすればするほど、使用人のみんなも嬉しいに違いない。

そう、もしかしたら、実家のようにみんなと過ごせる日もいつか来るのかもしれない。

【三章】 告白と、これからと

（アドニス様が、東屋《あずまや》に座っていらっしゃる？）

いつも通り裏庭から城へ戻《もど》る途中、整えられた垣根の間から東屋にアドニス様が見えた。

そっと近づくと、アドニス様はじっと目をつぶったまま、長い、長すぎる髪を膝《ひざ》の上で丸めて抱きかかえながら、気持ちよさそうに座っている。

くるくると深緑の髪を丸めているせいか、遠目には草を抱きかかえているように見える。こんもりとした髪は、陽《ひ》の光を浴びて心なしか元気になっているようにも見えた。

うたた寝しているようなので、起こさないように注意してわたしは近づく。

こんなに眩《まぶ》しい場所で寝てしまうほど疲れているのだろうか。東屋だというのに日差しを遮《さえぎ》るはずの屋根がその役割を果たしていない。

普段わたしが目にする東屋は、屋根がついているものがほとんどだ。

けれどいまアドニス様の座る東屋は真ん中に屋根がない。真ん中がくり抜かれている形状の東屋は珍しいとは思うし、柱に施されている葉を模した彫刻は繊細で美しい。でもこれでは陽の光を遮るものが何もなく、影ができない。

でもアドニス様はそのくり抜かれた屋根の真下で、さんさんと降り注ぐ陽の光を浴びながら、幸せそう。

(本当に、植物のような方ね)

深緑の髪が陽の光を嬉《うれ》しそうに受けている様は、植物が太陽に向かって葉や茎を伸ばすのと同じように見える。心なしか、アドニス様の周囲がふんわりと温かさに包まれてすらいるよう。

アルフォンスさんが探しに来ないということは、きっとここでうたた寝するのはいつものことなのだろう。アドニス様は少し変わった方のようだ。貴族令嬢のわたしが庭いじりをすることを厭《いと》わない時点で、とても変わった方だなとは思うのだけれど。

幸せそうなアドニス様の邪魔をしないよう、そっとその場を去ろうとした瞬間、パキリと小枝を踏んだ音が鳴り響く。ああ、やってしまった。

「ん……誰だい?」

アドニス様が、少しぼんやりとした口調で目を覚ましてしまった。

「ごめんなさい、起こしてしまいました」

「フィオーリでしたか。あぁ、いえ、大丈夫ですよ」

アドニス様は微笑《ほほえ》むけれど、その目元には相変わらず黒い隈《くま》がくっきりと浮いている。

(寝不足気味なのかしら……)

ここは陽当たりが良いせいか、頬骨が浮き上がってより一層こけた頬が目立つ。

「……よく眠れましたか？」

「眠っていたわけではないのです。魔力を落ち着けていたのですよ。私の魔力は髪に多く貯《た》めてあるものですが、その多くは、陽の光から摂取しているのです」

「陽の光から？」

アドニス様が空を見上げるのにつられて、わたしも見上げる。今日もよく晴れていて、暖かな日差しが降り注いでいる。

この世界は魔力に満ちている。

人が魔法を使えるのは、世界の魔力を借りているからだという。

生まれつき魔力を持っている子は、世界の魔力を受け入れやすく、使いやすいのだとか。

魔力の多さは、そのまま魔導師の資質にも直結する。陽の光から魔力を集めることのできるアドニス様は、だから最強なのだろう。

世界から消えることのない陽の光は、決して尽きることのない無尽の魔力となる。

「アドニス様は、子供の頃から魔力が使えたんですよね。羨《うらや》ましいです」

最年少で王宮魔導師団に入団していたのだ。当然、幼い頃から魔力を自然と使えていたはず。天性の才能で魔法を操り、数々の魔導具を生み出し、魔物の大暴走を止めた辺境の英雄なのだから。

「そうですね、物心ついた頃には、魔力の流れを理解して、大抵《たいてい》の魔法が使えるようになっていましたよ。……家族には気味悪がられていましたが」

苦笑しながら、アドニス様はそんなことを言う。

気味が悪い？　魔力を意のままに操れて、魔法を繰り出せるのは素晴らしいことなのに。

（……そういえば、この城にはアドニス様の家族はいないようだけれど……）

王宮魔導師団に最年少で所属したことや、その後の功績は知っていても、その前のことはまったく知らない。最初から貴族だったのか、それとも平民だったのか。どんな風に家族と過ごしていらしたのか。何一つわからない。

「フィオーリの家族はどんな方達ですか？」

わたしが尋ねる前に、アドニス様に尋ねられてしまった。

「普通の貴族とは、少し違っていたかもしれません」

一般的な貴族の家では、使用人にすべてを任せるものだけれど、わたしの家ではすべてを任せられるほど雇えるお金がなかった。自分でできることはできる限り自分でやらないと、少ない使用人達にその分負担がかかってしまう状態だった。

わたしは家族のことが大好きだけれど、平民とおそらく変わらない生活をしているファルファラ伯爵家のことを詳《くわ》しく話すと、引かれてしまいそう。

「フィオーリを育てた方々なのだから、きっと素敵なご家族でしょうね」

穏やかに微笑んでいるアドニス様からは、一切の悪意を感じられない。

こんなアドニス様になら、ファルファラ伯爵家の実情を話してしまっても大丈夫なのかもしれない。

「……わたし、実は大家族なんです。妹弟《きょうだい》が多いんですよ」

「ほう？　何人ぐらいいるのですか」

「弟が二人、妹が四人もいるんです」

「合計六人ですか。それは多いですね」

「えぇ、そうですよね。わたしを含めて七人姉弟ですし」

貧乏子沢山《こだくさん》という言葉を聞いたことがあるけれど、まさにそれだと思う。両親は二人とも仲良しだから、これからまだ家族が増える可能性すらあるのだ。

「四人の妹さん達も、庭いじりがお好きなんですか？」

「いいえ、妹達はちゃんとした貴族令嬢です！」

ここはきっぱりと否定する。後々、妹達の婚約に影響してしまうかもしれないし。

「それなら、ご実家の魔ハーブはいまどなたがお手入れを？」

「庭師と、あと、妹に頼んでしまいました。妹は庭いじりが趣味などでは決してないのですが、わたしが魔ハーブを大事にしていたことを知っているので」

妹は庭いじりなんて苦手だけれど、「フィオ姉様の魔ハーブだから！」と請け負ってくれた。

お手入れの仕方を教えた時、土の中から虫が出てくるたびに悲鳴を上げていたけれど、最後まで涙目で頑張ってもくれた。だから、実家の魔ハーブについては心配していない。

妹の髪色は金色だけれど、家柄的に魔力を持っている可能性は高いはず。今度実家に戻った時に、アドニス様から教わった魔法で一緒にお手入れをしてみるのもいいかもしれない。

「本当に仲良しなんですね。みんな、フィオーリによく似ているのですか？」

「そうですね……似ているところもあれば、まったく違うところもあります。六人もいますから。一番容姿が似ているのは、上の弟かもしれません」

「機会があれば、皆とお会いしたいですね。とても賑《にぎ》やかで楽しそうです」

アドニス様は、眩しそうに目を細める。

こんな急な婚約でさえなければ、両親への顔合わせはもちろんのこと、家族としてのお付き合いがあったはず。

元婚約者のリフォル様とご両親のクルデ伯爵夫妻とは、家族ぐるみのお付き合いをさせてもらっていた。

けれど今回はお互いの両親とも顔合わせが済んでいないし、妹弟との挨拶《あいさつ》などもできていない。婚約者のわたしですら、アドニス様に事前にお会いできていなかったぐらいだ。

（わたしの家族と会いたいと言ってくれるけれど、みんながここまで来るのは難しいかな……）

両親と妹弟合わせて八人分の旅費は、貧しいファルファラ家には相当な負担になる。

実家からグランゾール辺境伯領までは一週間もかかる。馬車の中で寝泊まりするわけにはいかないから、当然、途中途中の街で宿を取ることになる。わたし一人でもそれなりにかかったのだ。両親と妹弟達が全員辺境伯領へ来ることは金銭的に難しい。

辺境伯であるアドニス様に、下位のわが家へ先に来て頂くのもためらわれる。普段から引きこもりと言われるほどに辺境伯領から出ない方なのだ。

もし会えるとしたら、わたしとアドニス様の結婚式だろう。

王都で挙げるのか、辺境伯領でなのか。王都なら家族全員、辺境の場合は両親と、上の妹だけならどうにかなるかもしれない。

「フィオーリは本当に家族が大好きなんですね」

「はい、とても仲良しなんです。いつもみんなで居間に集まっていたんですよ」

それぞれの部屋はあったけれど、なんとなく、家族みんなで居間にいることが多かった。仲の良さだけは、どこの貴族にも負けないかもしれない。

「私は、あまり家族仲が良くなかったものでね。そういった大家族に憧れます」

「……アドニス様のご家族は、今、どちらにいらっしゃるのでしょう」

「この城にはいませんね。魔導師団に入団する時に家族との縁は切れていますから、フィオーリは気にしないでください」

（……縁を切るほどの仲の悪さということなのね）

あまり触れられたくない話題のよう。家族仲だけは良かったわたしには、縁を切るほどの悪さを想像しづらい。けれど貴族であるならよくある話でもある。醜聞《しゅうぶん》を恐れて家族から縁を切られ修道院へ入れられる令嬢などもいるからだ。

婚約破棄されたわたしを見捨てずにいてくれた家族には、感謝してもし足りない。

「そういえば、フィオーリは自分で髪を結えるのですよね。今日の髪も自分で整えたのですか？」

少し口ごもってしまったわたしに、アドニス様が話題を変えてくれた。

「ご存じだったんですか？　えぇ、わたしは自分の髪は自分で結っているんです」

メイさんかアルフォンスさんから聞いていたのかな。

わたしは早起きすぎるから、客室から婚約者の部屋に移動させてもらった後も、メイさんが来る前に自分で自分の事はやってしまっている。

貴族の家では使用人が髪を結ってくれるものだけれど、幼い頃から人手不足はわかっていた。だから、わたしは見様見真似で髪をいじるようになり、今では小さめのパーティーでなら見《み》劣《おと》りしない髪形を自力で編める。お洒落《しゃれ》な髪飾りがあれば複雑に結わずとも見栄えがするけれど、ファルファアラ伯爵家にそんな余裕はない。髪の毛自体を複雑に編んで華やかに装うのが一番経済的だった。

「それでしたら、もしよかったら、私の髪も結ってみてくれませんか」

「えっ」

アドニス様の髪を、わたしが？

「いつも美しく結われているなぁと思っていたんです。こんなぼさぼさの私の頭に触れるのは嫌かもしれませんが……」

「と、とんでもないですっ！　いやだなんてそんな。ただ、恐れ多いな、と思ってしまったんです」

わたしの戸惑いを触れるのを嫌がっていると取られて、慌《あわ》てて訂正する。

触りたくないなどとは思わない。確かにわたしはパーティーでも見劣りしない髪形を作れるけれど、専門家ではないのだ。なのに辺境伯であるアドニス様の髪を、髪結い師でもないわたしがいじってしまってよいものかどうか。

綺麗《きれい》に結える自信はもちろんある。アドニス様の髪は基本的にわたしと同じ癖《くせ》っ毛だから、扱い慣れてもいるのだし。

「私の髪に触れる事ができるのは、貴方《あなた》だけですから」

そんな、困ったように微笑まれて頼まれたら、断るなんていう選択肢《し》はあるはずもない。

わたしは頷《うなず》いて、後日、アドニス様の髪を整えることになった。

◇◇◇◇◇

「アドニス様、あの、大変言いづらいのですが……」

東屋での出来事から数日後。

わたしはアドニス様のお願いで彼の部屋に来たのだけれど……。

部屋の入り口で固まるわたしに、アドニス様は微笑んで頷く。

「えぇ、えぇ、わかってはいるんです。ですが、私はどうしても、こういったことに疎《うと》くてですね」

そういう彼の足元には書類と本の山が散らかっている。おそらく使っていたと思われる魔導具も所狭しと置かれていて、床が辛《かろ》うじて見えてはいるのだけれど、中に入るのがためらわれる。

アドニス様のお部屋は、こう言ってはいけないのだけれど、まごうことなき汚部屋《おへや》。一体、何をどうすればここまで散らかせるのか……。

むしろアルフォンスさんとメイド達は何を？

くるりと振り返ると、アルフォンスさんが眼鏡をくいっと押し上げて、「アドニス様は、なにも問題ございません。仕事に差しさわりがなければ良いではございませんか」と言い切った。

あるでしょう？

問題ありまくりでしょう!?

この間わたしが部屋に飛び込んだ時も、部屋の中は凄《すさ》まじい書類の量だった。それが床に散らばって足の踏み場がなくなっていたのだけれど、本日も負けず劣らず凄まじい。

まず床。

そこには書類の他に、多数の本が出しっぱなしになっている。さすがに開いてはおらず、積み重ねられているけれど、問題はそこじゃない。本の間に所々付箋《ふせん》が挟まれていて、おそらく仕事で使ったのだと予想はできる。わかるけれど、本は本棚に入れるものであって、床に置くものではない。

いくら仕事が立て込んでいようとも、むしろ仕事が忙しいからこそ、きちんと定位置に片付けないと、次に調べる時にどこに置いたかわからなくなる。

次に植物。

前回部屋を訪れた時から、本棚に木が生えていたのは確かだ。アドニス様のお姿が衝撃的すぎて、そのことを前回は気に留める余裕がなかったのだけれど、育っている。

えぇ、育っているんですよ！　もさもさとアドニス様の髪のように、本棚の隙間《すきま》から生えた木の枝が、明らかに生い茂っている。

森の中にいるわけではないのだ。本棚は本を入れる場所であって、植木鉢でも花壇でもないのだから、木を植えているのはおかしいでしょう。

木の枝の隣にアドニス様が並ぶと、深緑の髪と木の枝の生い茂る葉の雰囲気が似ているような気がしてくる。部屋の中にもう一人アドニス様がいるよう。

「アルフォンスさん、なぜ室内で木が生えて育っているのかお伺いしても……？」

明らかに異常事態でしょう、どのあたりに問題がないのか言ってみてと言いたいけれど、さすがにそんなにはっきりとは聞けない。

「失礼ながら貴族令嬢という立場でありながら魔ハーブを育てて庭いじりをしているフィオーリ様が、アドニス様に木を生やすなと言えることではないと存じます」

正論だ。もっともすぎる言葉に何一つ言い返せない。

アルフォンスさんのツンと澄ました冷たい目線は、相変わらず隙がない。

でも、それはそれ、これはこれ。

生い茂った木はアドニス様の執務机のほうにまで伸びてきていて、これでは書類を処理するのにも長いローブの袖が引っかかるのではない？

「あっ！」

「ああっ」

思っている側《そば》から、アドニス様のローブの袖が思いっきり枝を引っかけて、机の上の書類をぶちまけた。

すかさずアルフォンスさんが床に散らばった書類をさっと拾い上げ、とんとんと書類の端を机で整えて置き直す。

驚きの声も上げずに無表情にさっと動けるなんて、手慣れすぎでは？

どれほど、書類を散らかし続けたんだろう。

「アルフォンス、いつもすまないね……」

「もう慣れましたからお気遣いなく」

長い前髪の隙間からアドニス様の眉が思いっきり下がっているのが見える。心底申し訳なさそう。対するアルフォンスさんは、アドニス様の側にいられるのが嬉しいというのを隠そうともしていない。

「アドニス様、ローブではなく、もう少し動きやすい服装では問題があるのでしょうか」

せめて長い裾と長い袖ではなく、簡易なローブなどはどうだろう。ずるずると引きずる長いローブはあちらこちらに引っかけやすい。

ましてやこんなに物が沢山ある場所では、被害が増すから避けたいところだ。

「特にないのだけれど、このローブが一人で着やすくてね……」

「長いローブはアドニス様によくお似合いです。フィオーリ様、我が主を貴方の悪趣味な基準に当てはめないで頂きたい」

「悪趣味だなんて。普通のことです」

王宮では上位文官や魔導師団がパーティーや式典の際にも使用している。実務担当の者は、動きやすい簡易なローブを羽織っていることが多いのだ。

だから辺境伯であり、稀代《きたい》の魔導師であるアドニス様に簡易なローブを羽織って頂くことは、なんら不敬に当たらないはず。

「そうだね、長いことこの種類のローブだけを着ていたからそれが当たり前のようになっていたけれど、動きづらいのは事実だからね。アルフォンス、明日にでも仕立て屋を呼んでもらえるだろうか」

「はっ、アドニス様のご命令でしたら、いますぐにでも」

アルフォンスさんは、アドニス様に言われたとたんにくるっと手のひらを返してアドニス様の意見に迎合《げいごう》し、一礼して部屋を出ていく。

(……いまアドニス様が着ていらっしゃるローブも、少し手を加えれば動きやすくなるのでは？)

幸い、裁縫もし慣れている。貴族令嬢の趣味としてはレース編みや刺繍《ししゅう》が主だけれど、わたしの裁縫は実用重視だ。ファルファラ伯爵家の経済事情を鑑《かんが》みて、王都の仕立て屋から内職を請け負っていたのだから客観的に見ても腕は確かだと思う。

「アドニス様、少しだけここでお待ち頂けますか？　裁縫道具を持ってまいりますので」

「構わないけれど、裁縫道具？」

「はい、わたしはこう見えて、裁縫も得意なんですよ？」

「それは素晴らしいね。うん、私はこちらで待たせて頂くよ」

アドニス様の前を失礼して、わたしは部屋に裁縫道具を取りに行く。実家から必要最低限のものとして、裁縫道具も持って来ておいてよかった。

(あとは、アドニス様のローブに合う余り布があればよいのだけれど……そうだ)

クローゼットを開ける。

そこには、アルフォンスさんが用意した可愛《かわい》らしすぎるドレスがずらりと並んでいる。

初めてアドニス様と食事をとった時は、この中から比較的大人《おとな》しいドレスを選んで着たけれど、この中には確か、赤に金のリボンのドレスがあったはず。

クローゼットにしまわれた沢山のドレスを確認していくと、あぁ、これだ。あった。記憶の通り、沢山の細かなリボン！

わたしは赤いドレスにつけられた過剰な金のリボンをほどき、縫い合わせを確認してみる。リボン自体をドレスに縫ってあるのではなく、リボンの中央をドレスに縫い合わせ、一つ一つ着るたびに手作業でリボンを結んでいる。これなら、左右対称に数本取り外しても問題ないと思う。過剰なリボンがなくなれば、わたしでも抵抗なく着られるようになるし。

糸切り鋏《ばさみ》でちょんちょんと縫いつけられた糸を切り、次々と金のリボンを取り外す。

メイドのメイさんが、無表情を貫きながらも驚いている気配が伝わってくるけれど、特に説明はしない。一緒にアドニス様の部屋に戻るのだし、その時見てもらえばわかるはず。

うん、この程度リボンがあれば十分だろう。

わたしは取り外したリボンと裁縫道具を持って、アドニス様の部屋に戻る。

部屋の中ではアドニス様がわたしを待っている間に、なんとか自力で部屋を片付けようとされたのだろうか、部屋を出る前よりもさらに書類が散らかっている。

「すまないね、座る場所だけでも確保を……あっと！」

バッサ――――。

アルフォンスさんが片付けてくれた書類が再び床に舞った。

「アドニス様はとりあえずこちらに腰かけて頂けますか？　書類はわたしが拾いますから」

わたしは執務机から離れたソファーにアドニス様を促《うなが》す。下手《へた》に動かれると、被害が広がりそうだ。ここはアドニス様の部屋でわたしの部屋ではないのだけれど、もうそういったことを気にしていられる場合ではないから。

生い茂った木々と書類の束で足の踏み場がなく、さらに書類は羊皮紙ではなく紙だから、踏んだりしたら破けてしまう。

急ぎ書類をざっと拾い上げてまとめ、落ちないように執務机の真ん中に置く。

ペーパーウェイトはどこだろう？

部屋のどこかに転がっているかもしれない。後ほど探すとして、とりあえず本を一冊置いて書類が散らからないようにしておく。

アドニス様にどうにかソファーに移動して頂いて、わたしはその前に座る。床の上だけれども、仕方がない。立ったまま作業はできないから。

「何をするんだい？」

「そのローブでも動きやすいように、紐《ひも》をつけさせて頂きます。しばらくじっとしていてくださいね」

裁縫道具の中から茶色の糸を取り出して、待ち針で所々留めつつ、わたしはさくさくとアドニス様のローブを縫い始める。ドレスから取ったリボンは金色だから、アドニス様の茶色のローブに縫われている金の刺繍と合うはず。

「随分と手慣れているんだね」

「内職でしていましたから」

チクチクと迷うことなく針を進めるわたしに、アドニス様は尊敬のまなざしを向ける。まじまじと見つめられると少し恥ずかしい。

部屋の外ではいつの間にか集まったメイド達が「なんで伯爵令嬢が裁縫を⁉」と話している声が聞こえてくるけれど、無理もない。普通の貴族令嬢なら刺繍かレース編みのみだろう。

でもわたしは普通の伯爵令嬢ではない。

なんなら、端切《はぎ》れをかき集めて服を仕立てることもできる。わたしや妹弟達の衣類も、そうやっていろいろ手を加えて直しながら作り変えて着ているのだから。

「はい、できました。この紐の端を結んで頂ければ、長さの調整もできます」

わたしはアドニス様の袖に括《くく》り付けたリボンを説明しながら結ぶ。

手の甲を覆《おお》う長さだった袖は、リボンで引っ張ると手首が出る程度までになる。もっと大胆に肘《ひじ》ぐらいまで短くすることもできるけれど、指先が出れば書類仕事はしやすいはず。

そしてローブは幅広の袖だから、広がって机の上を引きずらないように、そこもリボンでまとめる。これならリボンをはずせばすぐに元に戻せる。しわがついてしまうのだけは避けられないけれど、簡易ローブが仕立て上がるまでの間だけ、そこは我慢して頂くしかない。

引きずるローブの裾も、やはりリボンで調整する。こちらもすぐに取り外せる。

「とても動きやすいね。これなら、書類をまき散らさなくて済みそうだ」

アドニス様は立ち上がり、ご自身の腕を伸ばしてみたり、身体《からだ》をひねったりしている。どこも変に引っ張られている場所もないようだ。

(アドニス様のローブがうまくいったから、あとはやはりこの木々ね……)

アドニス様の本棚から生えた枝に触れる。

執務机の周りにはぐるりと本棚が置かれていて、木の枝はその本棚の奥からわっさりと生えてきている。もう季節は冬になろうというのに元気だ。まるで、きちんと大地から生えてきているかのよう。

(壁と本棚に穴でも開いているの?)

外の木が穴からはみ出してきているかのような雰囲気だ。

グランゾール城は石造りだから、そもそもどうやって穴が開くのか疑問だし、鉢植えでもない普通の本棚に木が生えていること自体がおかしな状態だから、とりあえず本をどかして状態を確認しないことには何とも言えない。

「アドニス様、こちらの本はどかしてみてもよいですか？」

「ええ、問題ありませんよ。木の根を調べるのでしたら、私も手伝います」

アドニス様は、わたしでは届かない高い位置の本を取り出して、執務机の上に重ねていく。

わたしは下の段の本をどかして、執務机だけでは置ききれないので、床に重ねる。

……もしかして。

「アドニス様のこの部屋の床に本が重ねられているのは、アドニス様も木の枝の出所を探そうとしていましたか？」

「いいえ、書類を処理するのに調べ物をしまして、そのまま……」

眉を下げて言葉を濁されてしまった。

アドニス様は偉大な魔導師様だけれど、書類仕事は不慣れなよう。

人間、向き不向きがある。ここまで散らかしてしまうのは珍しいけれど。

本棚は二列に分かれていて、手前の本をすべて床に下ろし、奥の本に手を伸ばす。木の枝に生い茂る葉が邪魔で本がどかしづらいけれど……。

「え、これは一体……」

「どうしました？」

本棚の本をどかして出てきた光景に固まるわたしを、アドニス様が側に来て覗《のぞ》き込む。

本棚から直接木が生えている。

嘘《うそ》でしょう？

壁にも本棚にも穴などはなく、木の種の欠片《かけら》と思われる茶色いものが、本棚の隅《すみ》にひしゃげて落ちている。おそらくそこから芽が出て、根が本棚に根付いているようだけれど……。

いえ、おかしいわよね？

本棚は鉢植えじゃない。ましてや地面でもない。なのに何故根が張るの。

「なるほど……」

アドニス様はそれを見て、うんうんと頷く。

「これは、おそらく子供達の悪戯《いたずら》ですね」

「お子様達が……？」

確かアドニス様は初婚のはずでは。

「わ、私の子ではありませんよ？　領民の子供達が大分前に来ていたんです。あれは春先だったでしょうか。森に遊びに来ていて、そのままこの城でかくれんぼをしていたようです。丁度《ちょうど》春の祭りでしたから、城も開放していました」

わたしの戸惑った様子にアドニス様は髪をわさわさと揺らしながら、慌てて頭を振って否定した。

「その時の子供達が悪戯で隠した森の種が、今頃になって芽吹いてしまった、と？」

「そう思います。この種は魔ハーブと同じく魔力がありますからね。多少の悪環境でも芽吹けるのでしょう」

水も土もない環境を、多少の悪環境と言い切ってしまえるなんて随分な生命力だ。

「この木の種類は、このまま育つものですか？」

「どうでしょうねぇ。私も本棚に木を植えたことがないので……」

わたしもですが、アドニス様も本棚に木が生えた経験はないよう。

普通に考えるならこのまま本棚に根付いたままでは、いずれは枯れてしまいそうだけれど。

たまたま窓際だったから、伸びた葉が陽の光を浴びてここまで育ったのかもしれない。本棚に根付いた根からは、土のような栄養は見込めないはず。

「ふむ……長く一緒に過ごしたせいか、このまま枯らしてしまうのも可哀想ですね」

そう言うアドニス様はどことなく寂しそう。どう考えても邪魔な木の枝でも、愛着は湧《わ》いてしまうものなのかもしれない。わたしの大切な魔ハーブも、他人から見たらただの雑草だから。

……そうだ。

「それでしたら、挿《さ》し木にしてみませんか」

アドニス様と一緒に魔ハーブを挿し木したように、この枝もそうできるのでは。

本棚の中に根を張ってしまっているから、根ごと取り出すには、本棚を壊さなければ難しい。

けれど挿し木なら、根はそのまま残して、枝のみでできる。残した根がまた枝を伸ばさないように気を付ければ、本棚を壊さずに枝も枯れさせずに済むはず。

「挿し木ですか。そういえば、この間の魔ハーブの挿し木も庭に根付いていましたね。この枝も、試しに魔ハーブの側に挿しておきましょうか」

もさもさと葉が茂った枝を抱きしめて、アドニス様は嬉しそう。

「根元から切りたいので、挿し木用の庭具を取ってきますね」

「ああ、いえ、それには及びません。切るだけなら、私がしますよ」

アドニス様がすっと枝の根元に手をかざすと、ナイフで切ったかのように綺麗に枝が切れた。

「すごい……っ」

日常生活の中で魔法を目にすることが少なかったので、こうした何気ない動作でも魔法が使えてしまうことに驚きが隠せない。この間魔法を見せて頂いた時もだけれど、アドニス様は息をするように日常で魔法を使うことに慣れている。

「フィオーリもすぐにできるようになりますよ。貴方はもともと魔力が強くて、物覚えもとても良いですから」

「そうでしょうか。わたしは、こちらに来るまで一度たりとも魔法を使ったことはないのですが……」

教えてもらった魔力の流れも、本当にわたしが使えているのかと時折疑問に思いたくなるぐらい。ファルファラ伯爵家では、魔力を持っていても使える家族はいないから。

「一度覚えると、魔法はそう簡単に忘れませんからね。土や魔ハーブに魔力を流すのも、私が側にいなくても使えているでしょう？　きっかけとコツさえ掴《つか》めば大丈夫です。試しに、この木の枝の切断部分に水の膜を張ってみませんか？」

「水の膜、とはどのようなものでしょう」

「フィオーリが挿し木を教えてくれた時にバケツに水を張りましたね。あの感覚で、この木の枝の切り口に小さなバケツを置いてあると思ってください。そこに、水をゆっくりとでいいので貯めていきましょう」

「小さなバケツに水を……」

いつも使っている庭具の古いバケツを思い浮かべる。それを小さくして、木の枝の先端に置いてみる。そこに水を注いで……。

切り口を見つめながら想像したとたん、ぶわりと水が木の枝の周りに巻き付いた。ぐるぐると回るそれはどんどん増えて止まらない!?

「おっと」

アドニス様が暴れる水を撫《な》で、水はくるんと丸まって切り口にとどまった。ふるんふるんと水色の風船がくっついているかのよう。

「やはり素晴らしいですね。一回で水を出せるなんて！」

「でも暴走してしまいましたし……」

「一回でうまくいくほうが稀《まれ》です。ましてや水を出せることも珍しいんですよ」

うんうんと頷くアドニス様を見ていると、まるで自分が特別になったかのような錯覚を持ってしまう。そんなこと、ありえないのに。でも、褒《ほ》めてもらえることは素直に嬉しい。わたしは家事ぐらいしかまともにできないし、貴族令嬢としては劣っているのだから。

「アドニス様ありがとうございます。この魔法でできた水は、バケツの水と同じように枝の切り口から水を吸い上げることが可能なのでしょうか」

「えぇ、普通の水ですからね。バケツに入れているのと同じですよ」

言いながら、アドニス様は木の枝を床にポンと立たせた。切り口に丸まっている水がふるふるっと震えて、鉢植えのように支えている。水が割れたり壊れたりする様子はない。床が水に濡《ぬ》れる様子もない。魔法って、本当に素晴らしい。

「バケツと同じなら、しばらく浸《つ》けておかないといけませんから、その間にこの部屋を片付けてしまいましょうか」

最初から部屋の中は汚部屋となっていたけれど、いまは本棚からどかした本が積み重なっていて、さらに散らかっている。特にアドニス様が積み重ねた本はバラバラでいつ崩れるのか気が気じゃない。

◇◇◇◇◇

「その、本当にすまないね……」

「いいえ、慣れていますから、お気になさらずに」

パシパシ、パシパシッ。

わたしはアドニス様にソファーに座って頂いて、本棚の上のほうから順番にハタキをかけていく。もうね、限界というものがあると思うの。本棚に本を戻すだけでも良いかもしれないけれど、この際大掃除をしてしまいましょうと。

「私も何か手伝いたいのだけれど……」

「アドニス様はどうか動かないでください。ゆっくりくつろぐというのも掃除をされていてはできないかもしれませんが、できるだけ急ぎで終わらせますから」

アドニス様は居心地悪そうに小さくなっている。申し訳なく思うけれど、ここはアドニス様のお部屋だから、まさか部屋の主を追い出して掃除するわけにもいかない。必要な魔導具の確認や、本や書類の本来収められていた場所の確認もしたい。

アドニス様が座っていると、低木の常緑樹があるように感じる。隣に置いてある木の枝とお揃《そろ》いのよう。なんだか愛嬌《あいきょう》があるように見えてきたのは気のせいだろうか。とにかく部屋を急いで片付けないと。

ハタキをおおよそかけ終わり、メイさんに持ってきてもらった雑巾《ぞうきん》でてきぱきと本棚も拭《ふ》きあげる。もともとある程度は掃除されていたのか、酷《ひど》い汚れはないものの、本棚の奥には埃《ほこり》がたまっていた。

（書類が散らかりすぎていて、掃除が滞《とどこお》ったというところかしら）

前回も今回も本と書類の束が尋常《じんじょう》ではない。メイドではどの書類が重要で、どの書類が不必要な物かの見分けも困難だろう。

迂闊《うかつ》にいじれない以上、部屋の掃除ができなかったのも無理はない。

執務机周り以外の本や書類が少ない部分は掃除されていたから、今後は書類を散らかさないように、整理してまとめて綴《と》じておくことが必須だろう。

「そろそろ、本を本棚に戻すだろうか」

じっとわたしの掃除を見ていたアドニス様が、床の本を抱えた。

「はい、上のほうに置く本をお願いできますか？」

拭き掃除と同じように台座に乗ればわたしでも本を片付けられるけれど、アドニス様がやりたそうなので、お願いしてみる。

するとアドニス様はうきうきと本を並べていく。やはり、とってもやりたかったよう。

私も床の本を確認しながら棚に収めていく。本の形状から、魔導関係の本よりも、領地経営や領地の資料のほうがよく読まれているのがわかる。

アドニス様の場合は幼少期から魔法が使えていたのだから、魔導関係の本はすでに読み終えて身に着けてしまっているのかもしれない。

すぐ手に取れるように、領地経営の本は手前に、あまり使われていない魔導関係の本は奥にしまっていくと、部屋は大分すっきりとしてきた。

「アドニス様、こちらの大量の魔導具はどちらにしまいますか？」

「うーん、実はね、あまり置き場所を考えていなくてね」

「それでしたら、よく使う魔導具を教えて頂けますか？」

「保温と自動書記と、あとは……」

アドニス様にわたしの抱えた魔導具の中から必要なものを選んでもらう。よく使うのはほんの数点で、あとはめったに使わないようだ。

「ではこちらの魔導具は一旦、空き部屋に移動してしまいませんか？」

不必要なものが部屋に溢《あふ》れているから片付かないのだ。

弟達が割とそうだからよくわかる。使うかもしれないと思うと捨てられないのだとか。特に今回は高価な魔導具だから、捨てるという選択肢はありえないし。

「ふむ、出しっぱなしにしてしまうよりも確かに良いね」

アドニス様が頷くと、メイさんがすかさず空のワゴンを持ってきてくれた。すぐにわたしから魔導具を受け取り、ワゴンに重ならないように並べていってくれる。

必要以上の会話は相変わらずしてもらえないけれど、メイさんは本当に気が利《き》くメイドだ。

「ああ、こんなにもこの部屋は広かったのだね」

本も書類も片付き、かさばる魔導具もなくなったアドニス様のお部屋は、すっかり元の広さを取り戻した。一目で高級なものだとわかる臙脂《えんじ》の絨毯《じゅうたん》も、重厚感漂うカーテンも、窓から差し込む光と風に輝いて見える。

ふるんと挿し木の水が揺れた。

「アドニス様、あとはお部屋でゆっくりとくつろいでくださいね。わたしは、こちらの枝を挿し木してきます」

「いや、何を言っているんだい？　私も一緒に行くよ。当然だろう？」

「え、ですがそろそろアルフォンスさんが戻ってくるのでは」

「挿し木をして戻ってきてからでも問題ないでしょう。メイ、彼が戻ったら、この部屋で待っているように伝えてくれるかい？」

「かしこまりました」

メイさんが即座に頷いて、アドニス様は挿し木を持って歩きだした。これはもう、一緒に挿し木をするしかなさそう。

(アルフォンスさんが怒りそうよね……)

わたしはアドニス様の婚約者だから、面と向かって怒りを伝えられることは少ない。でも彼の苛立《いらだ》ちは日々ひしひしと感じているから、できればこれ以上彼を刺激したくない。

けれどアドニス様と一緒に庭の手入れをするのは嫌じゃない。にこにこと笑顔で魔ハーブを大事にしてくれるから、一緒にいるのが楽しいのだ。

「この木は森の木々と同じだから、魔ハーブのすぐ隣だとあまり良くないかもしれないね。魔ハーブへの陽の光を遮るほど大きくなる可能性がある」

「それでしたら、直射日光が苦手な魔ハーブの側にしましょう」

「陽の光を嫌がる魔ハーブがあるのかい？」

「嫌がるというよりは、風通しの良い日陰のほうが色つやが良くなる魔ハーブがあって、こちらの燈柑香《とうかんこう》の魔ハーブがそうなんです」

「薔薇鞠《ばらまり》と違って、葉はツンツンとしていないのだね」

「はい。香りも少し違っていて、オレンジのようで。だから、燈柑香という名前が付いたそうですよ」

「わかる気がするね。これは本当によく似た匂いだ」

幸せそうに目を細めるアドニス様は、髪を片手で押さえながら屈《かが》んで、燈柑香の匂いを思いっきり吸い込んでいる。

魔ハーブは、どれもこれも本当に良い香りだ。普通のハーブよりも長持ちで、香りも強い。

魔力を帯びているからなのかもしれない。

「少し土を掘り起こしますから、待っていてください」

魔ハーブの香りを幸せそうに楽しんでいるアドニス様の前で、いそいそとわたしは土を掘り起こす。

すでに魔ハーブを植えた側の土だからか、乾いていなくて柔らかく掘りやすい。

「あら？」

ミミズが出てきた。シャベルでそっとすくって、安全なほうへ逃がす。

「フィオーリは虫に全く驚かないのだね」

「庭いじりをしているといつものことですから、慣れてしまいました」

最初の頃はびっくりしたのだけど、魔ハーブを育てたい気持ちが勝《まさ》っていまではまったく動じなくなってしまった。爬虫類《はちゅうるい》すらも大丈夫になってしまっている。おかげで、お茶会でどなたかからカエルを投げつけられても、叫び声一つ上げずにカエルを庭に逃がしたこともある。

（……そういえば、マリーナ様の紅茶に虫が入っていたことがありましたっけ）

あまり親しくない子爵令嬢から招かれたお茶会での出来事だったけれど、必ず来てほしいと念押しされて行ってみれば、指定されたテーブルにわたし一人だけが座らされて。

『欠席の方が多くて……』との事だったけれど、無理があったと思う。

公爵令嬢たるリディアナ様と、マリーナ様、それに取り巻きの令嬢達が隣接したテーブルの席だったため、ずっとわたしに対する批判を聞き続ける辛《つら》いお茶会だった。

そしてやっとお茶会が終わるという最後の最後で、マリーナ様の叫び声が上がったのだ。

（あの時は、なぜかリディアナ様に強く睨《にら》まれてしまって……）

「フィオーリ？　そんなに掘らないといけないのですか？」

「あら？」

アドニス様の声にハッとする。

随分深く掘ってしまっていた。アドニス様から魔法の水がついた木の枝を受け取って、掘った穴に埋めていくと、切り口についていた水は、さらりと流れて土に染みわたっていく。

わたしは、そっと枝に触れて、意識して魔力を流してみる。この木を挿し木したことはないから、わたしの魔力で根付きやすくなってくれたら嬉しい。

「きちんと根付くとよいですね」

「できるだけ一緒に様子を見に来ましょう」

アドニス様と挿し木や魔ハーブについて話しながら部屋に戻ると、すでにアルフォンスさんが戻ってきていた。

「お待たせしてしまってすみません……。仕立て屋はもう来ているのでしょうか」

「いえ、仕立て屋は明日、この城に来る手筈《てはず》となりました。この辺境で随一の腕を持つ仕立て屋のニコライド・ブランはアドニス様のローブを手がける喜びに打ち震えておりました」

「ニコライドが来てくれるのかい？　それは光栄だね」

王都でも名前を聞く方だ。確か第三王女ディリス様のドレスも仕立てられたとか。グランゾール辺境領の方だったのね。

「そして大変申し訳ないのですが、メイを含むメイド数名を、ニコライドの店に派遣させていただきます」

「メイ達を？　どうしてだい？」

「冬希祭《とうきさい》の準備をお願いしたく存じます」

「そうか、そろそろ冬希祭だったね。そうすると仕立て屋は青い衣類の制作に追われているのだろう。メイ達を派遣するのはもちろん構わないが、そんな時に私のローブまで仕立てさせては迷惑になるのではないかい？」

「私もその可能性を思いまた後日改めてお伺いする旨《むね》を申し伝えたのですが、ニコライドはアドニス様のローブを仕立てられる機会を逃したくないとのことです」

「ふむ……そこまで言ってもらえているのに断ったら、彼の顔を却《かえ》って潰《つぶ》すことになりそうだ。簡易ローブの制作はそのままニコライドにお願いしようか。メイドはそうだね、何人でも必要な人数を派遣するといい。給金は、そのままこちらで支払うから」

「かしこまりました。許可をありがとうございます」

青い衣装を着るお祭り？　王都では聞いたことがない。でもアドニス様もアルフォンスさんも楽しげだ。きっと素敵なお祭りなのだろう。

「冬希祭……辺境のお祭りですか？」

「うん、このグランゾール辺境伯領ではね、四季折々の祭りを催しているんだよ。春は花色、夏は赤、秋は茶色、そして冬は青。それぞれの季節に合わせた色を身に着けて楽しむんですよ」

そういえば、先ほどアドニス様のお部屋を掃除した時、お祭りだったから城を開放していたと言っていた。それのことだろう。

「王都と違って、辺境には娯楽が少ないでしょう？　王都まで遊びに行くにも、日数がかかります。それなら、この辺境でお祭りをしてしまえばよいと思ったんです」

「アドニス様のご提案なのですね」

「いいえ、実はきっかけはアルフォンスなんです。この地域は、魔獣の被害が多いでしょう？　それと共に若者の流出が激しくてね、王都に働きに出てしまうものもとても多かったんです」

それは、わかる気がする。

移住自体はできなくとも、王都は働き口が多い。未成年でもできる仕事も数多くある。

危険な辺境で、魔獣の被害におびえながら農作業をするよりも、安全で確実に稼げる王都に人が流れるのは仕方がないことでもあるのだろう。

「私は、もうフィオーリにはばれてしまっていますが、書類仕事が苦手でね。何年も前からアルフォンスに頼りきりなんです。だから人の流出に悩む彼に、少しでも楽しんでもらえたらと、祭りをしようと思いついたんです。でもね、結局私は思いつきだけで、これといった考えはなくて。結果、アルフォンスがすべて企画して予定を立てて、私が思い描く祭りを実現してくれたんです。それどころか、祭りで四季の色を決めることによって常に需要と供給が成り立つようにして、人の流出問題も解決したんです」

アドニス様に褒められたアルフォンスさんは、とても誇らしげだ。

「アドニス様のご提案がなければ思いつけることではありませんでした。すべて、アドニス様のお力です」

「アルフォンスさんって、本当に有能なのですね」

「えぇ、まだ若いというのに、素晴らしいでしょう？　彼に楽しんでもらうつもりが、逆に彼の仕事を増やす結果になってしまったのが不本意ですが」

困ったようにアドニス様は笑う。

でもアルフォンスさんの幸せは、アドニス様が心穏やかに幸せに暮らす事だ。だからアドニス様の負担を減らせたなら、彼は自分がどんなに激務でもそれで満足な気がする。

現にアドニス様にべた褒めされている彼は、無表情を貫きながらも喜びの感情が漏《も》れ出している。

「お祭りはいつ頃ですか？」

「二か月後ですね。露店が多くあって賑やかですよ。毎年私もお忍びで見に行っているんです。フィオーリも一緒に行ってみませんか」

「連れていって頂けるのですか？」

「もちろんですよ。共に行きましょう」

冬希祭はどんな感じだろう？

青い服は持っていないけれど、青いリボンならすぐに作れる。

（アドニス様と、お揃いのリボンなどもいいかもしれない）

あとでメイさんに相談して青い布を分けてもらおう。

アドニス様と二人きりということはないと思うけれど、それでも、初めてのお出かけなのだ。

自然と緩みそうになる頬を引き締めて、わたしは二か月後の冬希祭に思いを馳《は》せた。

◇◇◇◇◇

チュンチュン、チュンチュン……。

小鳥の声で目を覚まし、ぐっと伸びをする。

（今日もアドニス様と魔ハーブを育てられるかしら）

とりあえず、髪を整えようと鏡台の前に座り――思い出した。

（アドニス様の髪を、結っていない！）

そもそもアドニス様の部屋を訪れたのは、その髪を結うため。

決して本棚から生えていた木を挿し木するためでも、汚部屋と化したお部屋を掃除するため
でも、アドニス様のローブにリボンをつけるためでもなかった。

今日こそ、きっちりアドニス様のお願いを叶《かな》えないと。

わたしは急ぎ身支度を整えて、アドニス様の部屋に向かう。急ぎ足気味で来たけれどアドニ

ス様はすでに起きていた。

「アドニス様申し訳ありません。昨日は、髪を結えなくて……」

「いえ、あの状況でしたからね。フィオーリのおかげで部屋で動きやすくなって感謝しています」

「今日は、結わせてくださいますか？」

「もちろんですよ」

鏡台の前に座ってもらったアドニス様の髪は、相変わらずもさもさとしている。

服やベッドなど、人以外には何ともないのに、他人が触れると静電気のようにバチバチと痛みを与えてしまうのは何故なのだろう。

（わたしだけでも触れることができてよかったけれど……）

ゆっくりゆっくり、わたしはアドニス様の傷み切った髪にブラシをかけていく。

「痛くはありませんか？」

「いいえ、むしろ気持ちが良いですね。こんな風に人に髪を整えてもらうのは何年ぶりでしょうか。子供の頃は、静電気のような痛みもごく僅《わず》かで気にならない程度だったんですよ」

「それは魔力量が増えたからなのでしょうか」

「うーん、どうなんでしょうね。魔力が枯渇《こかつ》したことがないので比べられませんね」

一房手に取り、毛先から順番に、傷んで絡《から》まった髪を丁寧《ていねい》に梳《と》かしていく。

正直、触り心地はやはり悪い。毎日お風呂に入っているのがわかる良い香りが髪からしているというのに、使い古しの箒《ほうき》のようにごわごわでパサパサ。特に毛先は長さもばらばらで、枝毛も山ほどある。むしろ普通の毛を探すほうが難しいぐらい。

「アドニス様は、ご自分で髪を梳かす時は、頭の上から一気に毛先までブラシを入れていらっしゃいますか？」

「おや、よくわかりましたね。最近は、途中で引っかかってしまうので、ブラシ自体が嫌になってしまっていましたが」

わたしのブラッシングに気持ちよさそうに目を細めながら、アドニス様は頷く。

予想通りだ。毛先を見ればわかる。強引なブラッシングで余計枝毛と切れ毛が増えてしまっているのだから。

わたしと同じで癖のあるアドニス様の髪は、上から一気に引っ張ったりすると絡まりやすいのだ。ましてや手入れがされていないから、傷みが酷くて余計に引っかかる。

（……うーん、ここまで傷んでいると、少し毛先を切ったほうがいいけれど）

さすがに、切るのはまずいかな。

ちらりと、背後をうかがう。いつの間にかアルフォンスさんが控《ひか》えていた。

「何かご入用ですか」

「もし、良かったらなのですけれど……毛先を整えさせて頂いても？」

「毛先？　それは、アドニス様の御髪《おぐし》をフィオーリ様が切るという事ですか？」

「えぇ、アドニス様の髪にさわることができるのはわたしだけですし。あっ、もちろん、アドニス様がお嫌でなければ、ですけれど……」

「私はフィオーリにお任せするよ」

軽く頷いて、アドニス様はアルフォンスさんに鋏を持ってくるように促す。彼はすぐに鋏を持って戻ってきた。

「くれぐれも、えぇ、くれぐれも、アドニス様にお怪我《けが》を負わせることのないように、慎重にお願いいたします」

「わかっています。わたしの髪も、自分で切っていますから」

「アルフォンスは心配しすぎだね。万が一私が怪我を負っても、治癒魔法ですぐに治せるのだから何も心配することはないでしょう」

貴族令嬢が人の髪を切るなどということは、アルフォンスさんからしてみれば前代未聞だろう。普通の令嬢なら髪を切るどころか、日々の髪の手入れも使用人にされるのが当たり前なのだから。それなのにわたしがアドニス様の髪を切るなどと言い出したのだから、動揺するのも無理はない。

冷静さを保とうとしつつも、何度も眼鏡を直す仕草からその緊張度合がうかがえる。

「アドニス様の髪はどの程度なら切っても大丈夫ですか？」

毛先を整える程度だけれど、傷みが特に酷い部分は十センチ程度は切ってしまいたい。でも魔力を貯めているということだから、あまり短くしてしまうと問題が出てしまいそう。

「胸よりも長ければ問題ないですよ。私は、髪が床を引きずらない程度に適当に切っていただけだからね」

「わかりました。それでは少しの間、じっとしていてください」

鏡台の前に座るアドニス様の頭を両手でそっと押さえ、真《ま》っ直《す》ぐにする。そしてタオルも借りて、くるりとアドニス様の首周りにかけた。

髪をいくつかの束に分けて髪留めで留め、霧《きり》吹《ふ》きで濡らしながら迷うことなくさくさくと切っていく。すぐに鏡台の足元にはこんもりと深緑色の髪の山が積もる。まるで床に草むらが出来上がったようだ。

メイさんがすかさず箒で掃《は》いて処理していく。さすがに、切った髪までは触れても何も起こらない。

「こんな感じになりましたが、気になるところはありますか？」

アドニス様にかけていたタオルをとって、切った髪の毛をそっと払いながら尋ねてみる。

鏡の中で、アドニス様の長い前髪の間から覗く黒い瞳が嬉しそうに輝いた。

「とても頭がすっきりとしましたよ」

軽く頭を振るアドニス様。

髪の長さは胸でもいいと言われたけれど、腰ぐらいにした。辺境のためにも魔力を多く保持できたほうがいいと思ったから。けれど傷みすぎている毛先はバッサリと切り落とした。本当は短髪にしたほうがいま傷んでいる髪をすべてなくせるけれど。

だから全体的にごわごわとまだ傷んではいるけれど、保湿クリームなどを塗り込んで丁寧に扱えば、これから伸びてくる髪はここまで傷むこともなくなるはず。

そして長すぎる前髪を斜めに編んで後ろの髪と一緒にまとめてねじって留める。

「もし貴方さえよかったら、私の髪を毎日整えてもらえたら嬉しいです。私はどうしてもこういったことには無頓着《むとんちゃく》で……」

自分のさっぱりとした髪を嬉しそうに撫でて、アドニス様は少し興奮気味に提案してくる。

「アドニス様さえよろしければ」

「もちろんですよ。ああ、髪を手入れしてもらうというのは、こんなにも気持ちがいいんですね！」

アドニス様が気持ちよさそうに伸びをする。

(裏庭の薔薇鞠が大分増えたから……そうだ、アドニス様と一緒に魔ハーブの保湿クリームを作れないかしら)

「アドニス様、一緒に薔薇鞠を摘みに行きませんか」

「裏庭の？」

「はい、大分多く育ちましたから。あの魔ハーブは、髪に良い保湿クリームにもなるんです」

二人で育てている魔ハーブは元気に育っている。

一から保湿クリームを作るのは少し時間がかかってしまうけれど、薔薇鞠の魔ハーブを既存の保湿製品に混ぜるだけでも十分効果がある。

「ふむ、すぐに行きましょうか」

アドニス様はわたしと一緒に裏庭に来てくれた。

「本当に、ここの魔ハーブは育ちが良いですね」

「アドニス様の本棚挿し木も元気に育っていますよね」

本当の名前がわからなくて、わたしはアドニス様の部屋に生えていた木のことを本棚挿し木と呼ぶ。上に伸びるよりも少し平べったくなる種類だからか、本棚挿し木は橙柑香の好みそうな良い影になっている。

「どのくらい摘みますか」

「そうですね、こちらの布袋に一杯でよいかと」

アドニス様の髪に必要な分だけを摘むならそれほど必要ないけれど、魔ハーブティーもそろそろ作りたい。一緒に作ってしまってもいいかもしれない。

「本当にここに来ると香りが良くて長居したくなってしまいますね」

「あんまり入り浸《びた》ると、アルフォンスさんに怒られてしまいますよ？」

「えぇ、わかっていますよ。彼の負担が増えないようにしたいものです」

二人で魔ハーブを摘んで戻ると、わたしはすぐに保湿クリームの制作に取りかかる。

といっても、今日使う分はもともとグランゾール辺境伯家にある既存の保湿製品に魔ハーブを混ぜるだけだ。

細かく魔ハーブを刻んですり鉢でとろりとした液状にして、アルフォンスさんに用意してもらった既存の保湿剤に混ぜ込んでいく。魔ハーブがわからないぐらいによくよく練り込むと完成だ。薔薇鞠の良い香りがあたりにふんわりと香り、側に控えていたメイさんも表情を緩めた。

「この整髪料は、魔ハーブを混ぜただけなのかい？　随分と香りが良くなったね」

「はい、魔ハーブって、いろいろ便利なんです」

アドニス様の髪のお手入れに、いま作ったばかりの魔ハーブ入りの保湿クリームを塗りこめる。貴族らしい艶《つや》やかな髪のお手入れには、ただ洗って乾かして梳かすだけでは足りない。痛みやすい毛先には保湿剤を、仕上げには香油を使ってまとめるのだけれど、とにかくお金がかかる。

ファルファラ伯爵家ではとても普段使いはできなかったけれど、魔ハーブで代用できたのは、運が良かったとしか言いようがない。

妹が「フィオ姉様っ、魔ハーブを保湿剤に混ぜるとすっごくいい匂いっ。それに、髪が柔らかくなったの！」と、安価な保湿剤に魔ハーブを混ぜたのがきっかけだった。妹曰《いわ》く何となくで混ぜたそうだけれど、そのお陰で、手ごろな値段で手に入る保湿剤で、香りの良さと艶やかな髪を手に入れられたのだから、発想豊かな妹には感謝しかない。

アドニス様の髪質がわたしに近いのもよかった。アドニス様ほどではないけれど、わたしの髪も癖っ毛で、パサつきやすくごわつきやすい。だからわたしと同じ方法で髪の手入れをしていけば、数日で髪質が柔らかくなっていくはず。

「一回使うだけでも随分と髪に艶が戻るものだね」

「魔ハーブの効果もですが、アルフォンスさんが用意してくれた保湿剤の質がとても良いのだと思います」

アドニス様のためにいつも用意していたんだと思う。

「アルフォンス、すまなかったね。せっかく用意してくれていたのに、あまりに私が無頓着で……」

「とんでもございません。アドニス様は日々、執務に結界にと辺境のために忙しく過ごしていらっしゃいます。髪の手入れの一つや二つ怠《おこた》っても、どうということもありません。本来なら、すべて我ら使用人がするべきことなのですから」

アルフォンスさんは少し悔し気だ。それもそうだろう。大切なアドニス様の髪の手入れを本来ならきっちりとしたいのに、特殊な髪質のせいで触れられないのだから。

「それなら、わたしが毎日お手入れしたいです」

「フィオーリ様が？」

「えぇ。わたしなら、いつでも触れることができるでしょう？　髪を結う時に塗り込むだけでも髪質が変わっていくと思いますから」

魔ハーブはこれからもどんどん育つから、髪に使う分が足りなくなるということはない。

「フィオーリさえいいなら、お願いしたいね」

そうアドニス様が認めてくれたから、わたしは大きく頷いた。

◇◇◇◇◇

アドニス様の髪を手入れするようになって、一月経《た》った。

「前髪は、今日も編み込みますね」

以前切り揃えた時、前髪も毛先を整えるだけにしておいたから、後ろの髪と同じぐらい長い。

横の髪と合わせて編み込んで、後ろでまとめて束《たば》ねたほうが視界もすっきりする。

真っ直ぐな髪は編み込みしている間にもパラパラと落ちやすいけれど、癖っ毛のアドニス様の髪は香油をさほど使わずともきっちりと編み込みやすい。前髪を斜めに編み込んで、後ろの髪と一緒にさらに束ねて編んでいってもばらつかない。

最後にくるっと輪にして通せば、屈《かが》んでも床に髪が付かないぐらいの長さに収まった。

「私の髪をこんな風にできるのは貴方だけですよ」

嬉しそうに微笑むアドニス様に、わたしも嬉しくなる。

実家では自分の髪も妹達の髪もわたしが結っていたけれど、普通の貴族令嬢はすべてメイド任せでこんなことはできない。

　貴族令嬢なのに使用人と同じように何でもできるということは、本来なら恥ずべきことだけれど、アドニス様がこんなにも嬉しそうな顔をしてくれるなら、できてよかったと思える。

　アドニス様のパサパサで艶のなかった髪は、わたしの丁寧なブラッシングと魔ハーブを練り込んだ保湿クリームで、鮮やかさも増して艶やかだ。

　髪を整えると、アドニス様の雰囲気は一気に明るくなり見違えた。化け物樹木人《トレント》感はバサバサの髪が大半を占めていたようで、今のアドニス様を見て化け物と評する人はいないだろう。

（アドニス様って、意外と、というと失礼かもしれないけれど、整った顔立ちをしていらっしゃるのよね）

　すっと切れ長の瞳と鏡越しに目が合って、少しドキリとする。

　けれどいつも目の下には隈があるし、頬もこけているのが気になる。前髪を編み込んで束ねたことで、顔がはっきりと見えるから、目の下の隈も今まで以上に目立つのだ。

　実年齢よりもずっと高く、老けて見えるのはそのせいだと思う。

　いままで無駄《むだ》な肉がないと言えば聞こえはよいけれど、必要な肉すらもそぎ落とされたような骨と皮だけの細い身体に、ぼさぼさの髪がわっさりとついていたのだから、バケモノじみて噂《うわさ》されてしまったのも頷ける。

　そういえば……。

「アドニス様は、あまりお肉類は食されないですよね」

アドニス様と衝撃の初対面を果たしてから、ほぼ毎日食事を一緒にとっている。その中で、アドニス様が肉を口にした回数はほんの数えるほど。肉料理が出ないわけではなく、わたしには出されても、アドニス様には別の料理が出されている。

「味が嫌いなわけではないのだけれどね……食べると、胃が重くなってしまってね」

困ったように、胃のあたりをさするアドニス様。

ずっと一緒に食事をしていたからわかる。アドニス様はわたしと変わらない食事量だ。食べる量が、女性のわたしとさほど変わらないのに、さらに菜食中心となっている。

結界維持には魔力もだけれど、体力だって使うはず。それなのに食事がこれでは、いつも顔色が悪いのも頷けるというもの。

「もしよかったら、裏庭の魔ハーブを一緒に食べてみませんか？」

提案した瞬間、後ろに控えていたアルフォンスさんがぎょっとした様子で止めてくる。

「アドニス様に何を言うのですか。いろいろと効果があるのはアドニス様の艶やかな髪を見ればわかりますが、髪に使う魔ハーブを食すのは……」

「アルフォンスさん、裏庭の魔ハーブは花もなく地味ですし、あまり馴染《なじ》みがないかもしれませんが、隣国では庶民《しょみん》の食卓でもよく見かけられる食材ですよ？」

魔ハーブは、この国ではあまり出回っていない。それなのにわたしが魔ハーブに詳しいのは、偶然、隣国の商人と出会えたからだ。香りが良いだけでなく、胃腸にも良いと商人が話すのを聞いて購入したのが魔ハーブ栽培にはまるきっかけだった。

　隣国から来ていた商人より購入したから、常時使うには、隣国から輸入しなければならない。それには、高価な薬草並みにお金がかかって、とてもじゃないけれど、ファルファラ伯爵家では無理だ。

　だからわたしは、図書館に通って魔ハーブについて調べて、この国でも栽培できる種類を探して庭に植えるようになったのだ。

(妹は、いつもお腹《なか》を痛くしていたから……)

　妹は病気などでは決してなかったし、むしろ体力もわたし以上に有り余っている子だ。けれど朝食を食べると腹痛を起こすという、少し変わった体質もちだった。だから魔ハーブを使うまで、朝食は抜くのが常で、いつもミルクをたっぷりと入れた紅茶をご飯代わりにしていたぐらい。お腹が痛くなるよりは、空《す》いているほうがましだと笑って。

　両親もわたしも妹が心配だったから、王都の治癒術士に診《み》て頂いたけれど、結果は健康そのもの。癖っ毛などと同じように、人それぞれの体質なのだと教わった。

　でも癖っ毛は痛くもなんともないけれど、腹痛は別。そんな体質なのだと言われても、美味《おい》しくご飯を食べられないのは辛すぎる。

　隣国の旅商人から駄目《だめ》元で買った魔ハーブと、それから作った魔ハーブティーが妹の体質に合ったのは幸運だった。

「野菜だと思って頂ければ良いのではないでしょうか」

辺境伯家には、毎朝、新鮮な野菜を領民が届けてくれている。

毎日シャキシャキと新鮮な青菜のサラダを食べられるのは、そのお陰だ。

魔ハーブもそれと同じで、一緒に野菜と混ぜて食べればいいだけだ。特にこれといって、特殊な食べ方などはない。

「ふむ、フィオーリは、ファルファラ家ではよく魔ハーブを食していたのかい？」

「はい、食べるのもそうですが、お茶と同じように飲むこともしていました。魔ハーブティーは少し独特な味がするのですが、アドニス様さえよければ、すぐにお作りできます」

妹の腹痛によく効くのもそうだけれど、庭の魔ハーブを使えばお茶代が浮く、という切実な理由もあった。

紅茶も、香りの良いものはとても高価で。だからファルファラ伯爵家では紅茶はお客様用に取っておいて、普段は自家製の魔ハーブティーを自分で淹《い》れていた。だからメイドに頼まなくても、わたしがアドニス様に淹れることもできる。

アルフォンスさんが「貴族令嬢が自らお茶を……」と目を見開いているけれど、えぇ、仕方がない。ファルファラ家では使用人は最低限の人数で切り盛りしていたのだ。自分でできることはすべて自分でしないと。

「フィオーリが淹れてくれるなら、ぜひ飲んでみたいし、肉料理も美味しく食べられるようになるなら、嬉しいことだね」

アドニス様が、優しげに目を細める。

今夜は、お肉料理と、魔ハーブティーになりそう。

◇◇◇◇◇

「アドニス様より先に、私が味見をさせて頂いてもよろしいでしょうか」

厨房《ちゅうぼう》をお借りして魔ハーブティーを作ったわたしが、アドニス様の部屋に持っていくと、アルフォンスさんが一歩前に進み出た。

「毒味？」

「アルフォンス、フィオーリに失礼ですよ」

「申し訳ありません、未知のものですから」

アドニス様に止められ、アルフォンスさんは引いたけれど、その瞳はアドニス様を心配げに見つめている。

「不安なのもわかりますし、最初にわたしが飲みます。いつも実家では飲んでいましたから」

ティーカップを三人分用意してもらい、わたしはそれぞれに魔ハーブティーをついでいく。

わたしが最初に口をつけると、すぐにアドニス様とアルフォンスさんも口をつけた。

「紅茶とは違って、淡い色合いだね。そして香りは柑橘類《かんきつるい》のようだ」

香りを楽しみながら、アドニス様は一瞬驚いた顔をしたけれど、すぐに元の穏やかな表情に戻った。大丈夫そうかな。

「変わった味だね……でも、後味がすっきりとして飲みやすくて私は好きだよ」

「お口に合ったようでなによりです」

アドニス様が魔ハーブティーを飲めるなら、痩《や》せ細った身体にお肉をつけていくのも無理じゃないかもしれない。肉料理が嫌いなわけではないのだし。落ちくぼんだ目元も、こけた頬も、疲れが滲《にじ》んで辛そうで。できれば、改善して差し上げたい。魔ハーブティーなら、わたしがいつでも淹れることができるのだから。

「フィオーリ様、失礼ながら聞かせてください。貴方は、本当に、フィオーリ・ファルファラ伯爵令嬢なのですか？」

「はい？」

急なアルフォンスさんの問いかけに、わたしは首をかしげる。

わたしは間違いなくフィオーリ・ファルファラ伯爵令嬢。

他の誰に見えるのか。

「ファルファラ伯爵家には、妹君が何人かいらしたはずです」

「妹達は、わたしとはあまり似ていませんよ。間違われることもないですけれど……」

顔立ちもだけれど、髪色がまったく違うから。瞳の色だけなら似ている妹もいるけれど、それだけで間違われるなんてことはない。すぐ下の妹なら背格好が似てはいるけれど、あの子はお父様似でわたしとは似ても似つかない儚《はかな》げな容姿だ。

困惑気味なアルフォンスさんが何が言いたいのかわからない。

「……確かに、橙《だいだい》色《いろ》の髪はフィオーリ様だけ……それなら、なぜ……」

ぶつぶつと呟《つぶや》く彼は、本当にわたしがフィオーリであるか疑っているよう。

王命で辺境伯領に来た婚約者なのに、別人が来るはずもない。アルフォンスさんはわたしを偽者ということにして婚約を破棄させたいのだろうか。

「アルフォンスさん、はっきり言います。わたしは、フィオーリ・ファルファラ伯爵令嬢です。妹でも身代わりのメイドでもほかの誰でもなく、本人です。わたしが自分の事をなんでもできるのは、ファルファラ伯爵家では最低限の使用人しかいなかったからです」

「それは、貴方が次々とクビにしたからでしょう」

……噂では、確かにそういったものもあった。使用人たちを虐《しいた》げていると。

「わたしは使用人をクビにしたことなど一度もありません。もしも本当にクビにしたというなら、新しく人を雇えばよい話でしょう。なにも自分でやる必要はないではありませんか」

貴族の家に仕《つか》えたい平民は星の数ほどいる。ましてやわたしの家は伯爵家。名ばかりで貧しいという内情さえ知らなければ、仕えたいと願う平民はいくらでもいるのだ。使用人を何人クビにしようと、困ることはない。……雇えるお金があれば、の話だけれど。

「貴方が散財したから、雇えなくなったのでは」

それも噂だろう。けれどわたしが散財したことなどない。家族に迷惑がかかることをわかっていて、するはずがない。

「……もともと使えるお金が最初からありません。ないものを散財しようもありません。恥ずかしながら、ファルファラ伯爵家の財政事情は昨日今日変わったわけではないわ」

もう、やめてほしい。わたしを嫌いなのは仕方がない。けれどもう、これ以上は……。

「ならば貴方の数ある噂は、一体なぜ流れているのですか。演技で本性を隠しているわけではないのは今までを見ていればわかります。ですがそれなら、噂とはまったくの別人としか思えないではありませんか……」

答えられない。わたしだって、どうしてあんな噂を立てられたのかわからないのだ。……息が苦しい。小刻みに震え始めた指先から、身体が冷えていくよう。

「噂？　どんな噂があるんだい？」

アルフォンスさんの困惑を黙って見ていたアドニス様が、不思議そうに首をかしげる。

――恥知らずな……

――マリーナに詫《わ》びなさい！

リディアナ様の声が蘇《よみがえ》る。

「っつ……」

「フィオーリ!?」

「フィオーリ様！」

座っていられなくて、わたしはテーブルに手をつく。

アドニス様はわたしの前に屈み、震えるわたしの手を両手で包み込んだ。

「フィオーリ、王都で何があったか、話してくれますか？」

「わたしは……」

うまく説明できるだろうか。

あの日あった、出来事を。

◆◆◆◆◆◆

煌《きら》めくシャンデリアを眺めながら、わたしは王宮のパーティー会場の片隅で、溜《た》め息をつく。

婚約者のリフォル様と苦手なダンスをなんとか踊った後は、いつも通り壁の花。

以前は多少なりとも話す令嬢達がいたのだけれど、いつの間にか、一人でいることが当たり前になってしまった。

もともと、わたしは話し上手ではないし、貧しい伯爵家の令嬢だ。

化粧とドレス、最新の王都の流行など、わたしには縁のないもの。

華やかな令嬢達とは話が合うはずもなく、嗤《わら》われてしまうだけ。

リフォル様の婚約者となってからは、より一層溝ができてしまい寂しかった。

いつもと違うことといえば、今日はリディアナ様にもマリーナ様にもまだ会っていない、ということだろうか。なぜか、そう、なぜかいつも、マリーナ様と揉《も》めてしまうのだ。

揉めるというよりは、一方的に涙ぐまれて去られてしまうのだけれど。

わたしから声をかけたことはなく、近づいたこともないというのに。

「こちらをどうぞ」

不意に給仕に声をかけられ、ワイングラスを渡されそうになった。

彼が手にしているボトルは赤ワイン。

「いえ、お酒は飲めなくて……」

まったく飲めないというわけではないけれど、赤ワインは特に苦手なのだ。それに、ワインはドレスを汚しやすいという欠点もある。たった数滴でも零《こぼ》せば、血のように赤いそれはとても目立ってしまう。

すぐに洗って落とせればよいけれど、そうでなければ赤い染みはとれなくなる。お直しをし続けたドレスは、妹達も今後着ていくのだ。汚すわけにはいかない。

けれど給仕はわたしの断りを無視して、強引にワイングラスを持たせると、いまにも零れそうなほどなみなみと赤ワインを注いで去っていってしまった。

こんなに注がれてしまっては、歩いただけで零してしまう。今日のドレスはわたしにしては珍しく赤い華やかなものだから、もし零しても多少ならば目立たないかもしれないけれど。

憂鬱《ゆううつ》な気持ちになりながら、美しいシャンデリアを眺める。

（……リフォル様がいてくれたら、少しは楽しめるのですけれど）

社交に忙しいリフォル様とは、あまり長くいられた例《ため》しがない。

ふぅっと溜め息をついた、瞬間。ドンっと勢いよく誰かに突き飛ばされた。

咄嗟《とっさ》にワイングラスを強く握り、倒れずには済んだものの、勢いで中のワインが派手に飛び散った。

悲鳴が上がる。

よりにもよって、目の前の令嬢――マリーナ・レンフルー男爵令嬢のドレスにワインの染みが赤く広がっていく。

いつの間に側に来ていたのか。

いいえそれよりも、ドレスについたワインの染みを早く拭き取らないと。

「あ、あのっ、もうしわけ……」

「なんてことをするのよ！　わたくしは見ていたわ。フィオーリがマリーナにわざとワインをかけるのを」

詫びようとしたわたしの声を遮るように、リディアナ・ゴルゾンドーラ公爵令嬢の声が覆いかぶさる。怒りを抑えようともしない甲高《かんだか》い彼女の声は、会場中に響き渡った。

雑談を楽しんでいた人々も、みな、こちらを振り返る。きゅっと、足がすくんだ。

「待ってください、わたしは、よろけてしまっただけで……」

「まぁっ、それじゃあ貴方は公爵令嬢たるわたくしが嘘をついたと言い張るの⁉」

わざとかけたりなんかしていない。よろけてしまっただけなのだ。

それが事実でそれ以上のことなどありえない。

けれど周囲の人々の目線は冷たい。

『……わざとドレスにワインをかけるなんて……』

『噂通りのようねぇ。いくら嫉妬に駆られたからってこれは……』

『あの男爵家の子のドレス、もう駄目ね。可哀想に……』

あちらこちらから、非難の声が聞こえてくる。

焦《あせ》るわたしの前で、マリーナ様はその大きなピンク色の瞳に涙を浮かべ、おびえたようにわたしを見つめ返した。

赤いワインはマリーナ様のドレスの前面を大きく汚し、拭いただけでは決して落ちない。早く水洗いして落とさないと。

ざわざわと好奇心から吸い寄せられた人々が周囲を取り囲み、わたしはどうしていいかわからなくなっていった。

「君が、こんな事をする人だったなんて……」

「っ、リフォル様っ？」

騒ぎを聞きつけて側に戻って来てくれたリフォル様が、その端整な顔を悲しげに歪《ゆが》めていた。

違うのだ。本当に。

「リフォル様、どうか聞いてください、わたしは……」

「リフォルさまぁ、たすけてっ」

わたしの弁明よりもはやく、マリーナ様は泣きながらリフォル様の腕に縋《すが》りついた。

「あ、あのっ」

「リフォル様、貴方がした事ではないけれど、マリーナを控室に案内してあげて。こんな風に虐げられたマリーナの姿を人前にいつまでも晒《さら》しておきたくはないわ」

「わたしも一緒にっ」

「馬鹿な事を言わないで。貴方のような身分を笠に着て下位の者を虐げる女が婚約者だなんて、リフォル様もお可哀想だわ。それに、マリーナの側に近づけたら、貴方がまた何をするかわかったものではないもの。今までだってずっとわたくしの目を盗みマリーナを虐げていた貴方をわたくしが許すことはないわ。馬車を手配してあげるから、さっさとお帰りなさいな」

リディアナ様に促されてリフォル様は頷くと、マリーナ様を連れてパーティー会場から出ていってしまった。

残されたわたしを取り巻くのは、非難の瞳。

(どうして、こんなことに……)

リディアナ様に追い払われるように会場を後にすることになったわたしには、わけがわからなかった。

リフォル様に会って、きちんとお話ししなければ。今日はもう無理だけれど、明日にでも。

馬車に揺られながら思うわたしは、わかっていなかった。

――もう二度と、リフォル様と話す機会がないだなんて。

あの王宮でのパーティーの一件は、瞬《また》く間に王都に広まってしまった。

『常日頃から卑劣な嫌がらせをし続け、ついには嫉妬に駆られてワインをドレスにかけた性悪女』

『下位の者には常に高圧的に接して、メイドいびりは日常茶飯事』

『ファルファラ家の使用人が少ないのは、フィオーリが常に虐げているせいで皆辞めていってしまったからよ』

『フィオーリの散財が原因で、ファルファラ家が貧窮《ひんきゅう》している』

『リフォルル様という婚約者がありながら、別の男性と一夜を共にしたとか』

根も葉もない噂が噂を呼び、わたしはどこのパーティーにもお茶会にも呼ばれなくなり、わたしはわたしで部屋に引きこもってしまった。

リフォルル様にはあの後すぐに手紙を送ったというのに、未開封のまま返された。

家族はわたしの無実を信じてはくれたけれど、わたしの悪評はそのまま家の評価に繋《つな》がる。

現に、何一つ悪くない妹達にまで、お茶会への誘いが減ってしまって。

どうにか、どうにかしないと。

焦る気持ちとは裏腹に、時間ばかりが過ぎ去って、わたしは、何一つ噂を払拭《ふっしょく》するすべを持たなかった。

そんな中、リフォルル様から手紙が届いたのだ。

――婚約を、破棄すると。

一度手紙を返されてからは、辛くて手紙を書いていなかった。

また突き返されるのが怖かった。

わたしを信じてほしかった。

何もしていないのだと。

会って話をすれば、きっと伝わると思って。

けれどクルデ伯爵家まで直接出向くのはマナー違反で、会う約束を取り付けたくとも、手紙は出せなくて。

そんな風に悩んでいるうちに、婚約は一方的に破棄されてしまった。

後悔してもし足りない。

一度だけでも会えていれば。

ううん、いまからでも会えれば。

そんな希望は、噂話で打ち砕かれた。


――リフォル・クルデ伯爵子息は、マリーナ・レンフルー男爵令嬢と婚約間近である。


絶望しかなかった。

もともと、わたしとリフォル様の婚約は政略に基づいたものだった。

けれどマリーナ様は男爵令嬢。

ファルファラ伯爵家のような由緒正しい古い歴史などなく、これといって特産があるわけでもない、ごく普通の男爵家なのだ。

それなのに婚約するということは、政略ではないということ。

わたしとはなかった絆《きずな》が、リフォルト様とマリーナ様の間にはあるということ。

そして、追い打ちをかけるように王命が届いたのだ――アドニス・グランゾール辺境伯と婚約せよと。

辺境伯と言えば、伯爵家よりも力のある家柄。

本来なら、事情はどうあれ、婚約破棄されたばかりの傷物令嬢であるわたしのところに来るような縁談ではないはず。

アドニス様とは面識もなかった。

けれど噂だけなら知っている。

辺境に引きこもり、めったに王都を訪れないことから、『辺境の田舎者《いなか》』、『引きこもり魔導師』、そしてこれが最も強い印象だろう『化け物樹木人』。

辺境は魔物が多く出ることでも有名だ。

アドニス様が治めるようになってからは被害が収まったとはいえ、王都に比べて危険は増す。

婚約破棄されたばかりのわたしを気遣い、両親は何とか王命を回避できないかと奔走《ほんそう》していたのだけれど、わたしが止めた。

王命なのだ。

何の力も持たない伯爵家にどうこうできるものではなく、一歩間違えば、叛意《はんい》があるとみなされかねないのだ。家族にこれ以上迷惑をかけたくなかった。

それに……わたしはもう、すべてを諦《あきら》めていたのだ。

リフォル様とマリーナ様の姿を見ていたくもなかった。二人から、王都から、離れたかった。

数か月後に結婚式の日取りまでもが決められた理不尽な王命に、だからわたしは、粛々《しゅくしゅく》と従ったのだ。

◆◆◆◆◆◆

アドニス様が、わたしの目元を指で拭《ぬぐ》った。

いつの間にか、涙が零れていたらしい。

「どうして、わたしは、信じてもらえなかったの……？」

リフォル様に婚約者として愛されていないことは感じていた。

けれど蔑《ないがし》ろにされることなどはなく、婚約者として十分丁寧に接してもらえていた。情熱的な愛はなくとも、長年寄り添って、信じて、お互いを支えていける、そんな家族としての関係を築いていけると思っていたのに。

「辛かったね……」

アドニス様が、わたしを抱きしめる。

ぽんぽんと背中を叩《たた》かれると、涙がどんどんあふれてくる。

「もう、我慢しなくていい。全部、吐き出してしまいなさい」

わたしを抱きしめる腕に力がこもる。

「アドニス、さま……」

「リフォル・クルデ伯爵子息が好きだった？」

「……っ」

答えられない。だってわたしは、アドニス様の婚約者だ。

フィオと、愛称で呼んでくれる声が好きだった。一緒にいられるだけで幸せだった。婚約者になる前から、なんて綺麗な人だろうと、憧れていた。他の令嬢たちと同じように、遠くから見ているだけで良かった。婚約者に選ばれた時は、なぜわたしがと思いながら、それでも、どうしようもなく嬉しかった。何もかもが劣るわたしなのに、リフォル様はいつだって優しかった。

なのに、すぐに、なかったことになんてできない。

「良いんですよ、それで」

「でもっ、わたしは、アドニス様の婚約者で……っ」

ほんとは、こんな風に泣いてはいけないのだ。気持ちを切り替えなくては。

「五年も婚約者として共に過ごしていたのでしょう。貴族は政略結婚が多い中、相手を想えるのは幸せなことです。私はね、最初、貴方に興味がなかったんです」

腕の中から、顔を上げる。

アドニス様が、悪戯っぽく笑った。

「王命で、無理やり辺境の私なんかの花嫁にされる令嬢だというのにね。冷たいでしょう？いろいろな令嬢と、何度も婚約の話は持ち上がっていたんです。私は、これでも辺境伯ですから。身分だけを見れば引く手数多《あまた》でしょう。けれどあの髪でしたからね。私と会うまでは積極的だった令嬢達も、一目会えばそっけなくなってしまいましてね。中には、嫌悪感を隠そうともしない方もいらっしゃいましたよ。だからね、私は最初から、フィオーリに期待していなかったんです。きつい香水の香りをまき散らしながら嫌悪感を滲ませて接されるくらいなら、いっそ、会わなくてもいいとすら思っていたんです」

わたしは、アドニス様の顔を見ていられなくて、うつむいた。

ここに来る時、化け物樹木人という噂をわたしも信じて嫌がっていたのだから。

「でもね、蓋《ふた》を開けてみたら、貴方という女性はほかのどんな貴族女性とも違っていました。化粧と香水と宝石には見向きもせず、無駄遣いもしない。魔ハーブをこよなく愛してる。出会いからしても印象的でした。突然部屋に現れた時は唖然《あぜん》としましたね」

「あ、あれは……その、切羽詰《せっぱつ》まっておりまして……」

「えぇ、そうでしょうとも。普段の貴方を見ていればわかります。とても礼儀正しく、きちんとした女性だと。貴方からはいつも、陽だまりの匂いと、優しい魔ハーブの香りがします。私はその香りにいつも癒《いや》されているのです。貴方が婚約破棄されてよかったとすら思うほどに、私は貴方に惹《ひ》かれているんです」

それは、つまり、アドニス様はわたしを想ってくださっている……？

真剣なまなざしに見つめられ、わたしは一気に頬が赤くなるのを感じる。

胸の鼓動が早くなる。アドニス様に抱きしめられているのが、恥ずかしい。

「すぐに、クルデ伯爵子息を忘れて私を受け入れてほしいとは言いません。これから、長い時間をかけて、ゆっくりと、私と共に一生を歩んでください」

「わたしで、よいのですか……？」

「フィオーリが良いんです」

アドニス様がわたしを抱きしめる手に力を込めた。

すぐにリフォル様を忘れることはきっとできないだろう。五年もの間婚約していたのだから。

でもわたしは、アドニス様と一緒にいたい。

わたしの趣味を認め、わたしを想ってくれているアドニス様と。

——アドニス様はわたしの涙が止まるまで、ずっと抱きしめ続けてくれた。

【四章】 冬希祭と春の夜

暗闇《くらやみ》の中を、わたしは歩いていた。

何も見えないというのに、音だけは聞こえてくる闇は、走り出しても抜けることができなくて。

リディアナ様が。

マリーナ様が。

リフォル様が。

王都での皆の声が。

混ざり合って闇の中に響き渡って、わたしは必死で耳をふさぐ。

これは、夢だ。

わかっている。

いつものような、過去の出来事じゃない。

ただの、夢。

わかっているのに、わたしはただただ逃げることしかできない。

両手でふさいだ耳の奥に、悪意ある言葉が流れ込む。

——みすぼらしい……
——相応《ふさわ》しくない……
——君がこんな事をする人だったなんて……
——ひどいわっ、どうしてこんなことっ
——公爵令嬢たるわたくしが嘘をついているというの
——噂《うわさ》通りの酷《ひど》い女……
——君との婚約を、破棄する……

聞きたくない、聞きたくない！
闇の中に、いくつもの目が浮かび上がる。
どの瞳にも蔑《さげす》みが浮かび、わたしを取り囲む。

（い……や…………っ）

声が出ない。

苦しい。

闇が意思を持ったかのように手足に絡《から》みつき、わたしの自由を奪っていく。

手足を闇に捕らわれたわたしは、もう逃げることも、耳をふさぐことすらできない。

ただただ闇の中から見つめる無数の目と、蔑みの言葉を聞き続け――

不意に、闇が切り裂かれた。

暖かな光があふれ出す。

月光花《げっこうか》のように柔らかな光は闇を払い、無数の目を消し去っていく。

光の中から現れたのはアドニス様だ。

いつも通り穏やかな笑みを浮かべ、すべての闇を払ってくれた。

差し出される手を、自由になったわたしは握り返す。

(あぁ、もう、大丈夫……)

◆◆◆◆◆◆

どこかほっとした気持ちになりながら目を覚ますと、すぐにメイさんが部屋に来た。

「今日はどんな髪型になさいますか?」

アドニス様にすべてを話した日から、メイさんはこうしてわたしが起きる時間に合わせて部屋に来てくれるようになった。

普通の貴族令嬢よりもはるかに早起きのわたしに合わせるのは大変だろうに、「フィオーリ様が快適に過ごせるように努めることがわたしの仕事です」と微笑《ほほえ》まれた。

そう、微笑まれたのだ。あの無表情無感情のごとく振る舞っていたメイさんに。

もともと感情表現はそれほど大げさな人ではなかったのだろう。けれどまとう空気が柔らかいから、わたしも気を張ることなく彼女に任せられる。

クローゼットにたっぷりと入れられていた幼げなドレスは一新され、いまはわたしの年相応なドレスが並んでいる。お直しで十分だと思ったのだけれど、アルフォンスさんが即座に手配をしてくれていたみたいで、数日でクローゼットの中身がさっと入れ替わっていた。

なお、幼い雰囲気のドレスがどこへ行ったかといえば、こちらもアルフォンスさんの手配でなんとファルファラ伯爵家に送られていた。すぐ下の妹はもちろんのこと、二つ下の妹も、双子の妹もいるのだから、ドレスは何着あっても困ることはない。ありがたすぎる。

メイさんに髪を結われドレスを着つけてもらうと、わたしはいそいそと食堂へ向かう。

「おはようございます、アドニス様」

「おはようございます、フィオーリは今日も愛らしいですね」

食堂ですでに待っていたアドニス様が、眩《まぶ》しそうにわたしを見て目を細める。

でもそうしたいのはわたしのほう。

（アドニス様、本当にお綺麗《きれい》になられたな……）

席に着き、アドニス様を見つめる。

不健康さを強調するかのような目の下の隈《くま》が消え、げっそりと痩《や》せこけていた頬は、今ではみずみずしく張りがある。骨ばって血管が浮き出ていた身体《からだ》には、程よい肉も付き始めた。魔ハーブティーや魔ハーブを混ぜたサラダがアドニス様の体質にも合っていたようだ。まだまだ男性としては細すぎるけれど、これからどんどん魅力的になっていくのだろう。

「食事を終えたら、今日も魔ハーブの手入れをしませんか」

「アドニス様まですっかり庭いじりが好きになってしまいましたね」

「フィオーリとすることなら、なんでも楽しいんですよ」

見た目は変わっても、中身は前と少しも変わらない。今日も裏庭の魔ハーブを一緒にいじるのが楽しみだ。

◇◇◇◇◇

冬希祭《とうきさい》当日。

アルフォンスさんやメイド達に見送られ、わたしとアドニス様はグランゾールの街へ馬車で向かう。

お祭りに合わせた青い衣装は、仕立て屋ニコライド・ブランさんの制作だ。冬希祭に出かけることを知っていたアルフォンスさんが、わたしの分の青い衣装まで手配してくれていたのだ。

町娘らしい簡素なワンピースとローブで、冬希祭らしく銀の刺繍《ししゅう》が袖口やスカートの裾に入れられている。アドニス様も領主然とした衣装ではなく、わたしとお揃《そろ》いのローブを羽織り、ベストを着こんで領民風に仕上げている。髪型はいつもと同じく編み込みながら長く垂らし、わたしが縫った青いリボンで先を結んでいる。アドニス様の髪を結う時にさりげなく使わせてもらったら、「貴方は本当に裁縫上手ですね」と褒《ほ》められてしまった。

わたしの髪にも使われている青いリボンは、メイさんの提案で銀の刺繍を刺してある。青い布はメイさんにお願いして取り寄せてもらったのだけれど、アドニス様とわたしのローブと同じ素材と色だ。銀の刺繍の図案も同じ。あらかじめアルフォンスさんが衣装を用意してくれているのを知っていたのだろう。

冬希祭へはこの城の皆で行くと思っていたのだけれど、「お二人で楽しんできてください」とアルフォンスさんに言われてしまった。

彼がアドニス様とわたしを二人きりにしてくれるなんて、辺境に来た当初は考えられないことだった。それだけ、いまはわたしを信じてくれていると思うと、嬉《うれ》しい。

「雪が降ってしまいましたね」

わたしは馬車の中から外を眺める。

森の中はうっすらと白い雪が降り積もり、いまも鈍色《にびいろ》の空からは絶え間なく降り続けている。

馬車の中は暖かく保たれているけれど、グランゾールの街はどうだろう。

「あんまり降り積もると、お祭りができないのでは」

「フィオーリ、心配しなくても大丈夫です。グランゾールの領民には、温魔石が無料で配られていますから」

アドニス様が、わたしに小さな魔石を差し出す。

魔石の中心が赤く光っていて、受け取るとほかほかと温かい。握っている手だけでなく、身体全体がほかほかと温まってくる。

くるりとひっくり返してみると、何か魔法陣が刻まれている。

「これも、アドニス様が作られたのですか？」

「ええ、そうですね。この地域では原料の魔石は山ほど取れますからね」

魔石は基本的に魔獣から採集できる。採れる量はまちまちで一つの場合もあれば、何十個も取れることもある。

魔鉱石と共に加工すれば、様々な魔石に変えられるし、便利だ。ただし、魔物を倒すにはそれ相応の強さが求められる。魔物の大暴走すら止めることができるアドニス様だからこそ、採集は容易なのだろう。

馬車に揺られながら森の小道を抜け、グランゾールの街へ入っていく。

街の中は以前わたしが通り過ぎた時とはうって変わって、華やかに飾り付けられていた。

青い色を中心とした飾りが街を鮮やかに彩り、くるくると幾重にも巻かれた青いリボンがアーチ状に何本も連なって飾られ、いくつもの門のよう。

雪化粧された街路樹は、青だけでなく銀の飾りも付けられている。

「雪の結晶のような銀の飾りにも意味があるのですか？」

「魔物は金や銀を嫌うという逸話《いつわ》があってね。魔物除《よ》けのお守りには金や銀で刺繍を施されたものが多いのですよ」

「そういえば、メイさんに勧められたのも銀の刺繍でしたね」

「そうです。金も良いのですが、色合い的に冬希祭では銀が使われることが多いですね」

わたしとアドニス様がいま着ている服もそうだ。銀の刺繍は見た目も美しいけれど、魔物の被害に一番多くあってきた辺境のみんなの、平穏を望む強い願いが込められていそう。

青いリボンと銀の刺繍、それに結晶のような銀の飾り。統一された色合いの街は、見ているだけで心が弾んでくる。

「このあたりで良いでしょう」

アドニス様が御者に合図を送り、馬車を止めた。

「さ、フィオーリ手を」

アドニス様が手を差し出し、エスコートしてくれる。

その手をとり、アドニス様を見上げると、ふわりと微笑まれて嬉しくなる。

街の中心部の広場には時計塔があり、外周には露店が何軒も連なっていて、くるりと囲んでいる。そして広場から左右に伸びる大通りにも、露店がずらりと並んでいる。どの露店にも人だかりができていて、とても賑《にぎ》やかだ。

露店を見て回るだけで、一日が終わってしまいそうなほど。これほど多くの露店があるなんて、思ってもいなかった。

「冬希祭には、辺境伯領の住民達だけでなく、近隣の領からも観光客が来ているんですよ」

「それでこんなにも人が多いのですね」

王都ほどではないにしても、とても人が多いなと思ったのだ。ファルファラ伯爵領よりも確実に多くの人で賑わっている。

「冬希祭は三日間でしたよね」

「えぇ、そうです。泊まりがけで見に来る観光客もいますよ」

なるほど、と思う。

わたしがファルファラ伯爵領からグランゾール辺境伯領に来る時、こちらの街でも宿をとるか迷い、調べたところほかの街と違って宿屋が数十軒あったのだ。

一般の街では宿屋はせいぜいあって五軒。小さな村なら一つしかないのも当たり前。

だからあらかじめ立ち寄る町や村では宿屋を予約しておいたのだけれど、グランゾール領主都であるグランゾールの街では予約を取らずにいた。距離的に通り過ぎてそのまま辺境伯の城へ向かったほうが早かったのと、万が一、夜間の到着になってしまっても宿屋が取れないという事態は避けられるからだ。

アドニス様とわたしは手を繋《つな》ぎ、グランゾールの街を歩く。

こうして並んで歩いていると、普通の恋人のようだ。

(少し、親密すぎるかしら……？)

あまりにも自然にそのまま手を繋いでしまっているけれど、大きなアドニス様の手に包まれていると、どうしても意識してしまう。

「フィオーリは、王都のお祭りにはよく出かけていたのかい？」

「いいえ、実はあまり行ったことがないのです」

「おや、そうなのかい？　若い女性はこういったお祭りが好きなものだと思っていたけれど」

「そういわれれば、妹達はよく出かけていました。今のわたし達みたいに領民に見えるようにお忍び姿で」

領主の娘として着飾ってお祭りに出てしまうと、気づいた領民達がどうしても気をつかってしまう。だから妹達は、簡素なワンピースにストールを肩にかけて、すぐには領主の娘とわからないように変装していた。

わたしの場合は、王都ではほかの貴族女性に会うのが嫌で避けていた。すれ違いざまに嫌味を言われるのは慣れていても辛《つら》くないわけじゃない。地元のファルファラ領では一年に一度秋にお祭りがあって、その時はわたしも出ていたけれどそれは領主の娘として。

　こんな風に、領民と交じって同じ目線で楽しんだことはない。華やかなお祭りの雰囲気と、嬉しそうな領民達を見ていると歩いているだけで楽しい。

「ふむ、それなら、この冬希祭は新鮮に感じてもらえるかもしれないね」

　アドニス様は頷《うなず》きながら、切れ長の瞳を嬉しげに細める。周囲には常に楽しげで賑やかな音楽が奏でられていて、すぐ側《そば》に楽団でもいるかのよう。

「楽団も呼んでいるのですか？　先ほどから、街中で明るい音楽が流れていますね」

「いえ、これはおそらく魔導具ですね。この辺境伯領までお祭りのたびに楽団を呼ぶのは大変ですから、奏でてもらった音楽を魔導具に記憶して、再現しているのです」

「えっ、魔導具はそんなことが可能なのですか……？」

「これもアルフォンスの提案ですよ。彼の発案を、私の魔力と魔法と魔導具を使って実現したんです。魔力を流せば、いつでも音楽を楽しめますから、フィオーリの部屋にも置けますよ」

　何のことはないようにさらりと説明してくれるけれど、王都でも見ないほどに高度な魔導具なのでは。アドニス様の魔導師としての凄《すさ》まじさが垣間《かいま》見える。

「そういえば、こちらの通りにはいつもドライフラワーが売られているのですが、今年も出ているかな」

背の高いアドニス様が周囲を見渡して、探す。人が多くて、わたしからは、前の人の背中しか見えない。

「ああ、あった。こちらに行こう」

すいっとわたしの手を引いて、人で溢《あふ》れる道をうまく流れに沿いながら目的の店の前に移動する。

「わぁ、綺麗！」

店に並ぶドライフラワーにわたしは思わず声を上げる。

色鮮やかなドライフラワーや、落ち着いた色合いのピンクや生成《きな》りの花が青と銀のリボンで束《たば》ねられていたり、くるくるとねじって丸いリースにされていたり。裏庭のハーブと合わせたら、良い香りと色合いが同時に楽しめそう。

それに、ドライフラワーが装飾品として加工されていて、指輪やネックレス、イヤリングなどになっている。

指輪の中にはドライフラワーと木の実を加工したものもあって、黒い実がころんとついているものもある。黒い実はアドニス様の瞳のよう。

どういった加工をされているのか、触れてみるとドライフラワー部分が固くなっていて、少しどこかにぶつけても壊れないぐらいしっかりと作られている。

「ドライフラワーのリースは魔ハーブと合わせたら丁度《ちょうど》よいでしょう」

「わたしも、そう思っていました。このリースに魔ハーブを合わせたら、香りがとても良いのではないかと」

アドニス様と手入れをしている魔ハーブは、すくすくと育っている。最初は小さな苗木だったのに、いつの間にか裏庭一面を覆うほどの成長を見せているのだ。

「どれを選ぶんだい？」

「この、青と白の小花のリースはどうでしょう」

わたしは小ぶりなリースを選ぶ。手作りの一点ものが多い中、そのリースは丁度二つある。

アドニス様とお揃いのリースを、魔ハーブで加工して、部屋に飾りたい。

「店主、これを二つほど頂けるかい？」

「毎度ありがとうございます。そちらは恋人達の幸せを願って作られたリースなんですよ」

お幸せにね、と、わたしとアドニス様にそれぞれ手渡してくれた。

思わず、アドニス様と顔を見合わせる。

「恋人同士に、見えるんですかね」

店から少し離れると、アドニス様がぽつりと、照れくさそうに呟《つぶや》いた。

「見える、のかもしれませんね」

なんだか、とても恥ずかしい。

アドニス様の顔も赤い。

以前のように前髪で顔が隠れていない分、表情がよくわかってしまう。繋いだ手も、より一層熱を帯びて、どきどきしてくる。

二人してなんだか照れながら露店を見て歩いていると、わたし達をちらちらと街の人が振り返る。

なんだろう？

わたしもアドニス様も、華美な装いはしていない。領民とあまり変わらない衣類をまとっているので、そんなにおかしな装いはしていないはずなのだけど……。

「マールちゃん危ないーーーーー！」

「うひゃっ！」

幼い可愛《かわい》らしい声と共に、ぽすんと背中に軽い衝撃があった。

振り返ると小さな子供がびっくりした顔をして見上げていた。

「ミリィ？　それにマールちゃん？」

アドニス様が驚いたように二人を見つめている。アドニス様の知り合いの子供達のようだけれど、当の子供達は不思議そうに首をかしげている。

「えー？　きれいなおにーさん、なんでわたしたちの名前知ってるのー？」

「しってるのー？」

「アルフォンスに会いに何度か城に来ていたでしょう」

「お城の人ー？　あのねあのねっ、あっちのお店で美味《おい》しいのあったの！」

「こっちのお店にもねぇ、美味しいお店あったのぉ～」

二人はくるくるとアドニス様の周りを回り、楽しそう。

十歳ぐらいかな。

二人とも、アルフォンスさんと同じダークブルーの髪を長く伸ばして頭の高い位置で結んでいる。

ミリィと呼ばれた子のほうが少し背が高く、アルフォンスさんを女の子にしたらこんな感じ、という雰囲気だ。マールと呼ばれた子は垂れ目ぎみでおっとりとしていて、髪の色以外はアルフォンスさんには似ていない。けれど二人並ぶとはっきり姉妹だとわかる。

「アルフォンスさんの娘さんでしょうか？」

「おじさんはパパじゃないよー」

「ママの姉弟《きょうだい》なの～」

なるほど。姪《めい》っ子ね。ミリィちゃんがお母様似で、マールちゃんはお父様似なのだろう。二人の容姿的にアルフォンスさんとお姉様は似ていそう。

「お母様はどちらに？　二人だけで来てしまったのですか？」

「「今日は二人ー」」

元気いっぱいに答える二人は、可愛らしいフリルがいっぱいの青いワンピースに、同色のボレロを羽織っている。

しっかりした感じだけれど、子供達二人だけでこの人混みを歩くのは危険な気がする。

「アドニス様さえよかったら、マールちゃんとミリィちゃんも一緒にお祭りを楽しみたいのですが……」

「おや、奇遇だね。私もそう提案しようと思っていたところですよ」

快く頷いてくれるアドニス様に、二人がきょとんとする。

「アドニスさまなのー？」

「アドニスさま～？」

アドニス様の左右にそれぞれくっ付いて、アドニス様を見上げる。

「アドニスさまじゃないよー？」

「とってもきれいだけど、ちがうひとです～」

ミリィちゃんとマールちゃんは口々に言い、首をかしげる。

「アドニスさまはー、おおきいよねー？　マールちゃんどうおもうー？」

「そうだよね、ミリィちゃん。髪の毛がね、いっぱいな～の」

二人が身振り手振りで両手を上にあげて、頭の上のほうから足のほうまで一生懸命わっさわっさとする。

それってもしかして、アドニス様の以前の髪形？

とても可愛らしい二人だけど、アドニス様は複雑そう。

「……私の髪は、そんなにも多かったのかな」

「控《ひか》えめに言って、この子達が言うよりも、はるかに多かったと思います」

笑顔で頷くと、アドニス様が苦笑しながら頬をかく。

「そうですか、ミリィもマールも私をよく見てくれているね」

「ほんものー？」

「ほんものぉ～？」

「本物ですよ」

「どうしてお顔がちがうのー？」

「髪の毛もないの～？」

「髪はありますよ。ほら、ね？」

アドニス様がわたしが編み込んで、さらに毛先付近までは三つ編みに結った髪を見せるけれど、二人はふるふると顔を左右に振る。

確かに、髪質が良くなって毛量が抑えられたから、子供達からしてみればなくなったように見えるのかも。

「お顔ちがうのー。とってもきれいなのー」

「みんな振り返ってるの～♪」

きゃっきゃとはしゃぐ二人を見ていると、すれ違う人々が振り返っていた理由がわかった。

(アドニス様が、格好良いから皆様振り返っていたのね)

思い返してみると、ちらちら振り返るのは、女性が多かった気がする。

「ねぇねぇ、あっちにねー、可愛いクッキーあったのー」

「いっぱいなのぉ〜」

ミリィちゃんがぐいぐいとアドニス様を引っ張って、マールちゃんはわたしの手を握ってくる。妹達の小さな頃のようでとても可愛い。

「こっちきてー」

「クッキ〜♪」

街に流れる曲と一緒に鼻歌を歌う二人に案内されたのは、広場の端にある露店だ。

「ここなのー」

「可愛いの〜」

甘い香りがあたり一面に漂っている。

少女達が言うように可愛らしいクッキーが沢山《たくさん》並んでいて、美味しそうだ。

特に手のひらサイズの大きなクッキーは数種類あって、人形のような形のものやぬいぐるみのようなもの、それに、木を模したものが置いてある。

クッキーの下のほうが半分に折られた紙に包まれているのは、すぐに食べられるようにだろう。露店ならではという感じだ。

「可愛らしいクッキーですね」

「そうでしょうそうでしょう、これはご領主様を模したクッキーなんです。おひとついかがですか」

店先でわたしがそう言うと、店主が笑顔で答えてくれた。

「アドニ……ご領主様をですか？」

店主が手にしたクッキーは、どう見ても樹木の形をしている。

丁度、街を彩る街路樹のような。

クッキーの色も葉っぱの部分は緑色に、幹の部分は茶色に分かれている。ころんと可愛らしいのは事実だけれど、これがアドニス様？

「お嬢さんはご領主様を見たことがないようですね。辺境の守り神たるアドニス・グランゾール辺境伯様はね、そちらの美丈夫みたいに深緑色の髪をしていらしてね。いつも茶色いローブを着ていらっしゃるから、ご領主様を模したクッキーはこんな感じになるんですよ」

ニコニコと店主は説明してくれる。

そう言われてみれば、樹木のようだったアドニス様に似ている。

特に葉っぱのように見える緑の部分はもこもことしていて、アドニス様の伸ばしっぱなしで大きく横に広がっていた癖《くせ》っ毛に思える。

茶色いローブの部分がひょろりとしているのも、がりがりに痩せていた時ならば確かにそう見えていた。

わたしはなんとなく、アドニス様の顔の横にクッキーを並べてみる。

今日もわたしがきっちり結った髪は艶《つや》やかで、もうぼわぼわと広がったりしない。骨と皮だった身体には筋肉がついていて、健康的だ。

青いローブを着ている事もあって、クッキーとはあまり似ていない。

「似ていますか？」

アドニス様が小声で尋ねるので、わたしは首を横に振った。

「いいえ、少しも」

ふふっと二人して笑ってしまう。

「店主、こちらのクッキーを頂けるかい？　そうだね、五つほど」

アドニス様が笑顔で店主に頼む。

マールちゃんとミリィちゃんは目をキラキラさせて見上げてくる。

えぇ、二人とお母様の分ね。

店主は「毎度あり！」と笑顔でクッキーの折りたたまれた紙袋部分を伸ばして、青いリボンを結んでくれた。袋の上からちょこんとアドニス様の髪を模した緑のクッキーが顔を出している。

「おにーさんありがとー！」

「ママにもお土産《みやげ》ありがと～♪」

きゃーいきゃーいと飛び跳ねる二人は本当に元気いっぱい。早速もらったクッキーを食べ始めた。

「このままここで食べてしまうのですか？」

「お祭りだからね」

丁度よく広場の片隅にベンチがあったので、アドニス様が雪を払い、わたし達はそこへ腰かける。

クッキーを四人で食べていると、広場の時計塔の周りに何やら人だかりができ始めた。側では楽器を持った人達も並び始める。

「ああ、劇が始まるようですね。毎回違う演目なんですよ」

「今年は……『グランゾールの英雄』って書かれていますね」

「あっ、それは……」

わたしが看板に書かれた演目を読み上げると、アドニス様がうろたえた。

グランゾールの英雄と言えば、アドニス様に違いない。

どんな物語なのか。

わくわくとするわたしの前で、劇が始まった。

『……荒涼《こうりょう》たる大地は魔物に侵《おか》され、日々の暮らしすらもままならない。明日をも知れぬ我が身を嘆きながら、領民は必死に田畑を耕していた……』

影に徹するように黒いローブをまとった語り部《べ》が、芝居がかった口調で語りだす。四方に設置された魔導具から映像が浮かび上がった。

映し出される絵の前で襤褸《ぼろ》をまとい、しな垂れた作物の前で涙する領民達が登場する。

「あぁ、なんと無慈悲な事か。このままでは明日にでも飢えてしまいそうだ」

「やはりこの地を捨てて、王都を目指すしかないのか……」

「王都へ行ってどうなる！　金も、学も、若さすらもない我らでは、王都に行ってもまともな職にありつけるかどうか」

『……嘆き悲しむ領民をあざ笑うかのように、国境沿いから大量の魔物が現れた』

語り部の言葉に合わせ、魔導具から映し出される絵が切り替わる。醜悪《しゅうあく》な、巨大な猪《いのしし》を変容させた魔物や牛の頭に斧《おの》を担《かつ》いだ人型の魔物、それに熊のような魔物が大量に現れる。それらは砂煙を巻き上げながら、突進し続ける。

「助けてくれ！」

「なぜ我らばかりが苦しめられるのだっ」

「だれかっ、だれか子供達をっ」

逃げ惑う領民達の前に、絵の中から飛び出すように魔物役の役者が数人飛び出した。唸《うな》り声をあげ、斧を構えると、広場に領民達の悲鳴が響き渡る！

「そうはさせません！」

そんな中、グランゾールの英雄アドニス様役が現れた。大勢の魔導師達を引き連れたアドニス様役の役者は先頭に立ち、杖《つえ》を構える。

「辺境を脅《おびや》かす魔物どもよ、立ち去れ！」

緑色のもさもさのカツラを揺らし、茶色いローブをまとったアドニス様役は、杖を高々とかざす。魔導具から映し出される魔物達が光の中に消え失《う》せた。

花火が打ち上げられ、魔物の被《かぶ》り物をした役者達も、恐れをなして逃げていく。アドニス様役の役者が観客に笑顔を向けた。

『こうして、辺境から魔物の脅威《きょうい》は消え去りました。グランゾールの英雄、アドニス様に感謝をささげ、盛大に、祝おう！』

語り部の合図でさらに花火がいくつも打ちあがる。色とりどりの花火を見上げながら、皆が拍手で祝う。

わたしも一緒に拍手を贈る。

「アドニス様の実際の討伐もこんな感じだったのですか？」

隣に座るアドニス様に、こっそりと小声で尋ねる。

「いや、あの、こんなに簡単ではなかったし、こんな風に讃《たた》えられると照れますね」

言いながら、アドニス様は耳まで真っ赤になっていた。

マールちゃんとミリィちゃんは「すごいねー」「かっこいいねー」とはしゃぎながら、アドニス様を真似て「魔物よされー!」「さるのです～!」なんて走り回っていくから、アドニス様は余計にお顔が赤くなる。

照れるアドニス様と、可愛い子供達と共に残りの露店を見て回る。

「このペーパーナイフはアルフォンスが喜びそうだね」

「こちらのガラスペンはメイさんに良さそうです」

「他には……そういえばペーパーウェイトもなくなっていたね」

「それなら、それとこれも買っていきましょう」

和気あいあいと話しながら露店を見ていると、時間があっという間に過ぎ去っていく。

使用人達へのお土産も沢山買えたし、本当に楽しい。

「二人とも、送りますよ」

「わーい、おにーさんありがとー」

「お家《うち》こっち～♪」

ミリィちゃんとマールちゃんをお家に送り届けると、あたりはもう、すっかり日が暮れてしまった。

祭りの余韻《よいん》に浸《ひた》りながら、自然と繋がれた手はそのままに、二人でゆっくりと馬車へと歩く。

魔導ランプを組み合わせて、暗闇に浮かび上がるかのように演出された街路樹は、昼間とはまた違った顔を見せて美しく、煌《きら》びやかだ。

「知っていますか？　冬希祭で指輪を贈ると、その二人は生涯幸せに暮らすそうですよ」

「そんな逸話も？」

「いま、私が作りました。受け取ってください」

小さな小箱をそっと差し出され、わたしはどきどきと受け取る。

（これって、もしかして……）

期待を込めて蓋《ふた》を開けると、ドライフラワーを加工した可愛らしい指輪が入っていた。

「これ……っ」

「最初に立ち寄ったドライフラワーのお店で、フィオーリはその指輪を見ていたでしょう？」

……見られていましたか。

いつの間に買ってくれていたんだろう。

色鮮やかなドライフラワーの中に、様々なアクセサリーが置かれていた中で、わたしはこの黒い木の実のついた指輪が特に気になっていた。なんとなく、アドニス様の瞳のように見えたからだ。

そっと指にはめて、アドニス様に見せてみる。

「似合いますか？」

「ええ、とても。フィオーリのためにあるかのようです」

「そ、そんなにですか？」

はっきりと言いきられて、頬が赤くなるのを感じる。

「はい。これからも、貴方には私からの贈り物を受け取ってほしいです」

そっと、アドニス様がわたしの手を両手で包み込む。

「……次に指輪を渡す時も、私の隣にいてくれたら嬉しく思います」

「えっ……」

アドニス様が、真剣なまなざしでわたしを見つめる。

「以前、私は確かに言いました。いつか、私を好きになってくれればいいと。けれど、いつかではなく、近い将来、貴方《あなた》に私と同じ想いを持ってくれたらと願っています」

心臓がどきどきとうるさい。

街を彩る華やかな音楽が止まってしまったかのように、ただただわたしの鼓動だけが耳に届く。

（アドニス様と同じ想い……？）

声が出ない。

一緒にいられたらいいと、わたしも願っている。

きゅっと、わたしの手を包むアドニス様の手に力がこもる。

『冬希祭で指輪を贈ると、その二人は生涯幸せに暮らす』

本当に、そうなったらいい。

アドニス様と、一緒に過ごせたらいい。

そう思いながら、わたし達は冬希祭を後にした。

◇◇◇◇◇

冬希祭から数日経《た》ったある日。

「随分と育ちましたね」

いつものように二人で裏庭の魔ハーブの手入れをしていると、アドニス様がしみじみと言う。

言われてわたしも周囲を改めて見渡してみる。以前も少し思ったけれど、本当に、随分と育った。

アドニス様の部屋にあった本棚挿し木は、わたしの魔ハーブを守るかのように大きく広がって葉を茂らせ、燈柑香《とうかんこう》の魔ハーブは本棚挿し木に寄り添うように育ち、小さいながらも橙色《だいだいいろ》の花も咲き始めた。

「こちらはもう収穫してしまっても？」

アドニス様の手元には、燈柑香の魔ハーブが生い茂っている。親指の先ほどの葉は平べったくて、周囲が細かいギザギザで縁取られている。燈柑香は湯船に少量浮かべると、身体が温まりやすい。乾燥させてドライフラワーにしたり、香り袋を作ったりと、用途が多様にある。それに、なぜか燈柑香の魔ハーブを置いておくと、害虫が寄ってこない。

「そうですね、大分育ってしまったから、魔ハーブティーにするよりもドライフラワーにしたほうがいいかもしれません」

「魔ハーブティーにはできないのかい？」

「できないわけではないのですが、葉が大きいと、味が少し変わります」

もちろんその大きく育った味のほうが好みの人もいるけれど、アドニス様に飲んでもらっている魔ハーブティーはどれも新芽の若い葉を選んでいる。

「ふむ、それならフィオーリの言う通りドライフラワーにしてみましょう。アルフォンス、後でこの魔ハーブを束ねるリボンを用意してもらえるかい？」

「いつものですね、かしこまりました」

ドライフラワーづくりも見慣れたアルフォンスさんは、どのようなリボンか説明などせずともすぐに理解してくれる。すでに摘むための籠も彼は用意してくれているのだからありがたい。

アドニス様と育った魔ハーブを摘んでいると、用意してもらった籠がすぐにいっぱいになってしまった。次の籠もアルフォンスさんがすかさず用意してくれているけれど、これは少し多すぎてしまったかもしれない。けれどきちんと摘まないと、裏庭だけでは収まらない量に育って広がってしまうし。

「フィオーリ様、これほどの量でしたら、ファルファラ伯爵家へ送ってみてはいかがでしょう？」

「実家へ？」

「はい。フィオーリ様の妹君がファルファラ家の魔ハーブは手入れをしているとの事ですが、ドライフラワーにするなら日持ちも良いでしょうし、丁度一週間後ぐらいに王都へ仕入れに行きますから、その時に一緒にお届けしましょう」

「アルフォンスさん、ありがとうございます！　実家の家族も喜びます」

「こんなことならいつでも命じてください」

アルフォンスさんが笑顔で頷いてくれる。

そんなわたしを見ていたアドニス様が、ふと、とんでもないことを言い出した。

「フィオーリは、夜は強いほうでしょうか」

「えっ、よ、夜、ですか……？」

夜が強い、とは、その、どういう……。

側に控えていたアルフォンスさんも、心なしか赤面している。

「アドニス様、その言い方では幾分か誤解を招くのではないかと愚考します」

「誤解？　あ、あぁ、違いますよ。変な意味ではないのです。夜遅くまで、起きていられるかどうかなのですが」

アドニス様も気づいて、慌《あわ》てて訂正された。そうよね、変な意味があるはずもない。

「……朝方まででも、起きようと思えば起きていられます」

少し、焦《あせ》った。

その、わたしも年頃の貴族令嬢だから、一応それなりに知識はある。当然、知識だけだけれども。

そして実家では内職もしていたから、納期に間に合わせるために朝まで仕事をしていたことも一度や二度ではなく、徹夜にも慣れてしまっている。

「それでしたら、今夜は一緒に森へ行きませんか」

「夜に森へ、ですか？」

「えぇ、フィオーリに見せたいものがあるんです」

「アドニス様、失礼ながら女性を夜の森へお誘いするのはいかがなものかと……」

アルフォンスさんが控えめにアドニス様を止めた。

そうよね、あまり夜の外出先としては適切ではないだろう。わたしは森に嫌悪感はなく、むしろ好きな場所だけれど、昼と夜では森は見せる顔を変える。

昼間は安全な場所ですら、夜になったとたんに迷ってしまったりするものだ。

「駄目《だめ》かい？」

「森の獣達はアドニス様の前では脅威とはなりえませんが、暗い森の中は整備された道ですら歩きにくいものです。男性でもそうなのですから、女性ならなおのことです」

アドニス様は、アルフォンスさんの言葉に困ったように眉を下げた。

「フィオーリにあれを見せてあげたいんだよ。今日は満月だしね」

「あれ、ですか？　ですがあれは春先……あぁ、そうですね。アドニス様であれば、時期は関係ありませんね。あれは確かに、夜見たほうが良いでしょう」

「アドニス様、アルフォンスさん、あれ、とはいったい？」

「それは、今夜のお楽しみにしましょう。ね？」

おずおずと尋ねるわたしに、アドニス様は優しく微笑んだ。


「フィオーリ様、そろそろお時間です」

メイさんがわたしに声をかけてくれたから、わたしは夢の中から現実に引き戻《もど》された。

時計を見るともうすでに深夜だ。随分と眠ってしまっていたらしい。

わたしは徹夜でも大丈夫と言ったのだけれど、アルフォンスさんもアドニス様も「きちんとメイに起こさせますから」と言うので夕食後に少し仮眠を取ってたのだけれど……、正直、どんな夢を見ていたのか思い出せない。

ここに来たばかりの頃は、何度も悪夢にうなされていたのに。

いつから見なくなったのだろう。いつの間にか嫌な過去を思い出すことも少なくなってきた。

「こちらもお召しになってください」

てきぱきと身支度を整えて玄関へ向かった先で、アルフォンスさんが毛皮の付いたケープを差し出してきた。

なんだろう。普通の毛皮と違い、毛皮自体が発熱していてほんのりと暖かい気がする。

「こちらはアドニス様が仕留めた魔獣の毛皮を使用しているんです。夜は、冷えますから」

「アドニス様が魔獣を仕留めたのですか？」

「私はこれでも辺境伯だからね。戦えるんですよ」

それは、もちろん知っている。

アドニス様は、この辺境伯領の英雄なのだから。

でも実際に仕留めた魔獣の毛皮などが出てくると、あらためて実感する。

ケープを肩にかけてくれたアルフォンスさんにお礼を言って、同じように魔獣の毛皮をあしらったコートを羽織るアドニス様と共に森の奥へ向かう。

お城がすでに森の中にあるから、森の奥へは馬車は使わずに徒歩で向かう。

アドニス様が自然に手を差し出してくれたので、わたしはそっと、その手を取った。きゅっと握られると、少し、いえ、正直とても嬉しい。

わたしの歩幅に合わせて、ゆっくり、ゆっくり歩いてくれる。足元に積もった雪がサクサクと音を鳴らした。

森の奥に入ると、満月とはいえ、闇が深まったような気がする。木々の葉は枯れ落ちているのだけれど、多量の枝が月の光を遮《さえぎ》ってしまうのだろう。

それなのに、わたし達の周囲だけ、ほんのりと明るい。ランタンの明かりだけではないなにか……。

「今日は満月だからね。魔の力が強くなりすぎないように、結界を強化するんですよ」

そう言いながら楽し気に夜の森を歩くアドニス様から、きらきらと光の粒が舞った。

「アドニス様の髪が、光り輝いていらっしゃる……？」

「あぁ、これは魔力の残滓《ざんし》ですね。昼間は陽《ひ》の光のほうが強いけれど、夜はね、月の光を受けてより強く輝くんですよ。今はこの森にも魔力を浸透させたいから、私も魔力を抑えていませんしね」

アドニス様の髪から零《こぼ》れる魔力の欠片《かけら》が光の粒となり、わたし達の周りを明るく照らしていく。歩くたびに鱗粉《りんぷん》のように舞い散るので、見ていて飽《あ》きない。

「そんなに見つめられると、恥ずかしいですね」

アドニス様の髪をじっと見つめるわたしに、ほんのり頬を染めたアドニス様が笑う。繋いだ手も、照れているのか、もぞもぞっと動いた。

そんな風にされると、わたしも恥ずかしくなってくる。

サクン、サクンと、雪を踏みしめる足音が静かに響いた。

「アドニス様は、よく皆さんと森へいらっしゃるのですか？」

「いいえ、普段は一人ですよ。アルフォンスはたまに来ているけれど、基本的に彼には家のことを任せてあるからね。……あぁ、でも、春には沢山の領民がこの森を訪れますよ」

言いながら、アドニス様はランタンを地面に置く。

「……この辺りで良いでしょう。すぐに済ませますから、少しだけ待っていてください」

森の少し開けた場所で、アドニス様は立ち止まり、空を見上げる。

夜空には、満月が明るく輝いている。

その満月に負けないぐらいの輝きでアドニス様の深緑色の髪がふわりと舞い、光の粉を散らしながら魔力が夜空に流れ出す。

アドニス様から放たれた魔力は、わたしの目にも見えるほど強く輝いて帯となり、辺境伯領の、そして王国の結界を強めていく。

普段、おっとりとしているアドニス様からは想像もできない魔力量に、わたしはただただ圧倒されてしまった。

『最年少で王宮魔導師団に所属し、十年前の魔物の大暴走を止め、辺境伯領への魔物の進行を阻み、その功績をもって辺境伯を賜《たまわ》った』

華々しい経歴が決して誇張によるものではないと実感できる。

王国全土に届きそうな結界を補強したというのに、アドニス様は汗一つ流していない。軽く息をついただけ。どうしたらこんなにも強い魔力を扱えるのだろう。

「お待たせしました。実はね、フィオーリに見せたいものは、この次なんです」

「この先も、さらに結界を重ねるのですか？」

「いいえ、違います。先ほど、春には多くの領民が来ると言いましたが、その理由をお見せしたいのです」

「春の理由なのに、いま見れるのですか？」

木々が葉を落とし、雪と寒さが深まるこの時期。冬を越さねば、春にはまだまだほど遠い。

それなのにいま見せる？

「私は、結界維持のほかにも、少々変わった魔法が使えるんです。さぁ、しっかりと、私の手を握っていてくださいね」

差し出された手を、言われるがままにぎゅっと握り返す。

アドニス様は、今度は空を見上げるのではなく、側の木の枝に触れた。

瞬間、森の木々に葉が生い茂り、見た事もない花が地面いっぱいに咲き始めた。

月の光を集めたような白銀色に輝く花。近い見た目は薔薇《ばら》だろうか。けれど薔薇よりも花弁は多く、その中心からは光の綿毛が空に向かって吹きだされている。まるで小さな星が空に還《かえ》っていくよう。

何十何百という花々が次々と、月に光を還してゆく。柔らかく点滅しながら空に昇っていく光の一つに手を伸ばした。

「あっ……」

まぁるい光は、わたしの手をすり抜けていってしまった。触れた感覚もない。いま目の前にあるのに。

綿毛のように柔らかそうだから？　足元に咲いていた花からも光の玉が湧《わ》き出て、わたしの身体をすり抜けて天へ昇ってゆく。

困惑するわたしに、アドニス様が説明してくれた。

「この花の名前は月光花といって、春先にのみ咲く花なんです。名前の通り、月の光を集めたように美しいでしょう？」

「春の花が、どうしていまこんなに……」

「私が、この場所の記憶を再現したからです。私には、過去を再現する魔法が使えるのですよ」

「過去を再現……そんなことまで」

『……あぁ、そうですね。アドニス様であれば、時期は関係ありませんね』

昼間、アルフォンスさんが言っていた言葉の意味がわかった。

過去を再現できるアドニス様なら、時を選ばずこの美しい世界が見れるのだ。なんて凄まじい魔法だろう。

どんどん、光があふれていく。

まるで光の草原に佇《たたず》んでいるかのよう。

春に領民がこの森を訪れるのは、この景色を見るために違いない。

「とても、美しくて……こんなに綺麗な花があるなんて」

「気にいって頂けたでしょうか」

「ずっと、ここにいたいぐらい」

「春になったら、また一緒に見に来ましょう」

光の中で微笑むアドニス様は、誰よりも輝いて見えた。

わたしは、これから毎年春になったらアドニス様とこの森に来たい。

満月の日はもちろんのこと、アドニス様の時間の許す限り、ここで一緒に過ごしたい。

今日の思い出は、きっと一生わたしの中で輝く。アドニス様の笑顔が側にあったなら、わたしはどれほど幸せだろう。

（あぁ、わたし、アドニス様のことが好きなんだわ……）

気が付くと、アドニス様のことを考えている。

「アドニス様……わたし、アドニス様のことが、好き、です……」

アドニス様の漆黒《しっこく》の瞳を、真《ま》っ直《す》ぐに見つめる。

「フィオーリ……」

「冬希祭の時も思ったんです、アドニス様が言ったことが本当になればいいって。わたしは、アドニス様と、ずっと一緒に過ごしていたいと思います」

「フィオーリ、あぁ、今日はなんて嬉しい日でしょう！」

「喜んで頂けますか？　ずっと一緒にいて頂けますか？」

「もちろんです。フィオーリが嫌だと言っても、私はもう貴方を手放すつもりはありません」

ぎゅっと力強くアドニス様がわたしを抱きしめる。

月光花の光と月の光の中、わたしはそっと、アドニス様を抱きしめ返した。

【五章】過去のすべてを切り開いて、幸せな未来をあなたと

グランゾール辺境伯領での生活にも、大分慣れてきたと思う。

ここに来てはや数か月。

雪もより一層深くなり、寒さが厳しくなってきた。けれど城の中はとても暖かい。

一つ一つの部屋に魔導暖炉があるのもそうだけれど、アドニス様の結界に覆《おお》われたこの城では、暑くなりすぎることも寒くなることもない、そんな状態を維持しているのだとか。

相変わらず、アドニス様の無尽蔵な魔力とその効果に驚かされる。

「フィオーリ様、今日はどんな髪形にしますか？」

メイさんが、無表情ながらも優しさを滲《にじ》ませた声で尋ねてくる。

「そうね、そうしたら、メイさんがわたしに似合いそうな髪形にしてもらえますか？」

そうお願いすると、彼女は嬉《うれ》しそうにわたしの髪にブラシを入れて、後頭部にくるくると編み込みを入れた髪をまとめて一部を垂らし、髪飾りで飾って豪華に仕上げてくれた。

横の髪を編み込みするのはわたしも得意だけれど、頭の高い位置でまとめたり細かい編み込みを入れるのは一人では大変で、だからこんな風に自分ではできない髪形で仕上げてもらえる

と自然と気持ちが高まる。

アドニス様も言っていたけれど、人に綺麗《きれい》に髪を整えてもらうのは嬉しい。

メイさんと一緒にいつも通りアドニス様の部屋に向かうと、アドニス様が出迎えてくれた。

丁度よかったというその手には、手紙がある。

「王都で第三王女ディリス様の生誕祭が開かれるそうだよ。二人でおいでと王女自ら招待してくれた」

笑顔で言うアドニス様に、わたしは息を飲んだ。

「フィオーリ？」

アドニス様が、首をかしげる。

「……わたしも、行かなければ、いけませんか……？」

辛《かろ》うじて声を振り絞り、そう尋ねる。

社交デビューしてからは、王族のパーティーには必ず出席していた。貴族であれば、爵位に関係なく招かれるからだ。

だから、ディリス様の生誕祭には、きっとリディアナ様もマリーナ様も、そしてリフォル様も。

皆、いるはず。

「そうですね。王家主催のパーティーです。招待状にも私とフィオーリの名前が記されています。結婚証明書の提出も王都での手続きになりますから、二人一緒に出向くのが良いと思っていますが……フィオーリ？」

「フィオーリ様、こちらにおかけください、お顔の色が悪いですよ」

よほど青ざめていたのだろう。

アルフォンスさんが即座にわたしに椅子をすすめ、メイさんは冷たい水を持ってきてくれた。

落ち着かなくては。

ここは、王都じゃない。

周りにいるのは、わたしを責めて糾弾《きゅうだん》した人達じゃない。

そう、わかっているのに、心臓はどくどくと嫌な音を立て、指先は震えてくる。

「……王都は、パーティーはそれほどに辛《つら》いかい？」

辛い、と言ってしまったら、アドニス様はどうするのだろう。

アドニス様は決して無理強《じ》いをしない。けれど王家からの招待状を断るということもありえない。婚約者を伴わず王家主催のパーティーに行けばどうなるか。

（わたしのせいで、アドニス様まで悪意ある噂《うわさ》の的にされかねないのでは……）

「私のことなら心配いりませんよ」

「心を、読まれたのですか……？」

「いいえ、私にそんな魔法は使えません。すべて顔に書いてありますよ。私に迷惑をかけてしまうのではないかとね。いいですか、フィオーリ。私はあなたの婚約者です。あなたに辛い思いをさせてまで、無理に王都に行こうとは思いません」

「ですが……」

「結婚証明書の提出も、後日行えばいいんですよ。何もすべてをいっぺんに済ませなくともよいでしょう」

アドニス様にここまで気づかってもらいながら、王家主催のパーティーを辞退などしたくない。

わたしが少し頑張ればいいのだ。

「大丈夫です。突然のことに動揺してしまいましたけれど、いつまでもパーティーから逃げ続けることなんてできません。それなら、アドニス様と一緒に、王都へ、行きたいです」

「フィオーリ……」

精一杯微笑《ほほえ》んだわたしを、アドニス様は愛《いと》おしげに抱きしめてくれた。

◇◇◇◇◇

「実は、その、ダンスが苦手なのです……」

王都に行くと決めてから早数日。

わたしは、恐る恐る、打ち明けた。

一応は貴族なのだから、礼儀作法は人並みに学べているものの、ダンスがとても苦手なのだ。

いつも踊る時は、リフォル様とだったせいかもしれない。

他の令嬢の目が厳しくて、ダンスは胃がキリキリと痛んだ記憶しかない。

「奇遇ですね、私もなんです。私はほら、髪が特殊でしょう。少し触れるぐらいなら何ともありませんが、無理をしてまでする必要もなかったものですから」

「踊らなくとも済むのでしょうか」

「ファーストダンスだけは、一緒に踊ることになるでしょうね」

婚約者なのだから、当然だった。リフォル様ともパーティーでは最初の一回は必ず一緒に踊っていたのだし。

どうしよう。

このままではアドニス様に恥をかかせてしまう。数回は足を踏んでしまうかもしれない。いえ、確実に踏む。

「私はフィオーリなら下手《へた》でも愛らしいと思いますが、不安ならいまから一緒に練習しましょうか」

いきなり本番に挑むよりは、少しでもましになるかもしれない。

それに……。

アドニス様を見上げる。

日に日に美しくなっていくアドニス様は、今日も輝かしい。

深緑の髪は艶《つや》やかに輝き、黒曜石のような黒い瞳は切れ長で、見つめられると冷静でいられなくなる。

アドニス様に気持ちを打ち明けてから、事あるごとに心臓が高鳴るのだ。こんな状態でダンスを踊っては、ドキドキしすぎて倒れてしまいそう。

ダンスといえば至近距離に近づくのだから、倒れないように免疫《めんえき》を付けておくのも大事かもしれない。

アドニス様に促《うなが》されるまま共に大広間に行き、基本の姿勢から始めてみる。

リフォル様と踊る時は華奢《きゃしゃ》な彼に負担をかけないよう、全身に神経を張り巡らせていた。

一挙手一投足たりとも間違えないようにと思いながら踊るダンスは、息苦しかった。身体《からだ》は強張《こわば》って、練習ではきちんとできていたステップすらも間違う始末だった。

大広間に立つと、くすくすと令嬢達に笑われた声が耳に蘇《よみがえ》ってくるよう。

「とても綺麗な立ち姿ですね」

アドニス様が眩《まぶ》しそうに目を細める。

そういうアドニス様のほうこそ、すらりと背が高く、立っているだけで絵になるというのに。

アルフォンスさんがいつの間にか持ってきていたヴァイオリンで緩やかな曲を奏で始めた。

本当に何でもこなしてしまうのね。

　彼が弾きだしたのは初歩的なステップで踊れる曲。ゆっくりとした曲調で、慌《あわ》てずに済む選曲はさすがとしか言いようがない。

　アドニス様と腕を組み、ゆっくりとした曲に合わせてステップを踏む。

「私の足は、いくらでも踏んでくださいね。治癒魔法ですぐに治せるのですから」

「踏むことが前提になっていませんか？」

「ええ、そのほうがきっと楽しいでしょう！」

　心底楽しそうに、アドニス様はくるりとわたしごと回る。そんなアドニス様を見ていると、緊張がほぐれてくる。

　足を踏んだら、という不安はいつの間にかなくなっていて、手足が軽やかに動きだす。

「フィオーリは少しもダンスが苦手じゃありませんね」

　くるりくるり♪

　音楽に合わせてステップを踏む。

　いつもは頭の中で次の動きを考えながら必死に踊っていたというのに、手も足も滑《なめ》らかだ。

「アドニス様のリードが上手だから……いつもだったら、必ず失敗していました」

　パーティーでは失敗するのも、聞こえよがしに笑われるのもいつものことだった。なのに今日はこんなにも楽しく踊れてしまうなんて。

　……あ、もしかして。

「アドニス様、まさかわたしに魔法をかけられましたか？」

一度もステップを間違っていないのだ。それにとても楽しくて楽しくて。魔法の効果なのでは？

「ステップを一度も間違わない魔法なんてありませんよ。フィオーリが私と楽しく踊ってくれているだけです」

繋《つな》いだ手が幸せを感じる。

くるくる、くるくる♪

ほんの少し練習をするつもりだったのに、気が付くと日暮れまで踊ってしまっていた。

◇◇◇◇◇

いよいよ、今日は王都へと向かう日。

ぎりぎりまで王都に入らなくて済むように、アドニス様は馬車ではなく転移魔法陣を用意してくれた。

だから辺境領から王都まで一瞬で移動できるし、それほど準備を焦《あせ》らなくともよいと思っていたのだけれど……。

「フィオーリ様、万全の準備をさせて頂きます！」

いつもより一時間も早く、わたしはメイさんに叩《たた》き起こされた。もうそろそろわたしも起きる時間ではあったけれど、早すぎでは。

「えぇっと……メイさん？　随分早いような……」

もともと寝起きはよいほうだから、すぐにきちんと起きられたけれど、何事なの。

第三王女ディリス様の誕生パーティーは夜に開かれる。こんな時間から準備をしなくとも、十分間に合うはず。

けれど有無を言わさず、夜着から部屋着に着替えさせられると、アルフォンスさんが部屋に入ってきた。

「失礼します、本日は私がフィオーリ様の髪を結わせて頂きます」

髪結師もかくやという種類のブラシと櫛《くし》、それに整髪剤や髪飾りをワゴンに乗せている。

その後ろにはずらっとメイド達が並んでいて、威圧感が凄《すご》い。

（……アルフォンスさんは、髪をいじれるの……？）

「そんな顔をなさらないでください。私はいつかアドニス様の髪を整えられたらと、腕を磨き続けていたのですから」

不安が顔に出ていたのだろう。きっぱりと言い切る彼に、わたしは苦笑する。

「あぁ、アルフォンスさん、貴方《あなた》って本当にアドニス様が大好きね」

「もちろんです。そしてフィオーリ様。我が主の大切な貴方にも、私は誠心誠意尽くさせて頂きます」

ビシッと礼をするアルフォンスさんに、わたしは頷《うなず》く。

彼になら、すべてをお任せしても大丈夫。

よろしくお願いしますと頭を下げて、わたしは鏡台の前に座った。


数時間後。

「さぁ、仕上がりましたよ。完璧です！」

アルフォンスさんが最高の笑顔で言い切る。

えぇ、えぇ。

本当に最高の仕上がりだと思う。

でも。

「あのっ、こんなに華美な格好は……っ」

鏡の中には、普段の地味で貧相でみすぼらしいわたしの姿はどこにもない。

アルフォンスさんの手によって細かな編み込みがなされ、宝石をちりばめた髪飾りと相まって華やかだ。

化粧も凄い。

地味な容姿であるはずのわたしが、ありえないほどに華やかになっている。けれど少しもけばけばしくない。

そしてドレスも素晴らしい。

アドニス様の髪の色を取り入れた深緑色のドレスには、髪飾りと同じように宝石がちりばめられ、袖には幾重《いくえ》にも細かなレースが重ねられている。裾には金の細かな刺繍《ししゅう》も施され、まるでお姫様のよう。

指先まで磨き上げられて、爪には鮮やかな色が乗せられ小さな真珠が輝いている。

こんなに華やかな姿で大丈夫なのだろうか。アルフォンスさんの技術は本当に素晴らしいけれど、普段とまったく違いすぎて正直、落ち着かない。

「フィオーリ様はもともとの素材が良いですからね。少し色味を足すだけで、華やかさが増すのです」

メイド達もうんうんと頷いているけれど、絶対に違うと思う。アルフォンスさんの技術が凄すぎるのだ。

「王都へ赴《おもむ》くのでしょう。美しさは武器です。完璧な淑女たるフィオーリ様を見せつけてやるのです！」

アルフォンスさんがきっぱりと言い切る。そして自信満々の彼にエスコートされるようにアドニス様の部屋に赴く。

アドニス様は一目わたしを見るなり、固まった。漆黒《しっこく》の瞳を真ん丸に見開いている。

「フィオーリ……」

やっぱり、こんな華やかな装いはわたしには不自然よね？

一歩後ろに下がりかけるわたしに、アドニス様は足早に距離を詰めるとわたしの両手を握りしめる。

「なんて、なんて美しいのでしょう！　普段から愛らしいけれど、今日は森の精霊もかくやという麗《うるわ》しさです！」

「アドニス様、フィオーリ様を抱きしめてはいけませんよ。せっかく整えた衣装が乱れてしまいます」

「わかっている、わかっているとも！　でもね、私のフィオーリがこんなにも美しいんだ。讃《たた》えたくなるでしょう？」

興奮気味に言うアドニス様に嘘《うそ》偽りは感じられない。心底嬉しそう。

わたし、こんなに褒《ほ》められてしまっていていいの？

握りしめられた手から愛情が伝わってくるようで、恥ずかしくなる。

「アルフォンスさんの化粧がとても上手なんですよ。まるでわたしではないようでしょう？」

「何を言っているんですか。フィオーリはもともと愛らしいではありませんか」

アドニス様が、手を放してわたしの顔を包み込んだ。

口づけされそうな至近距離で、どうしていいかわからない。

「アドニス様、愛おしいのはわかりますが、遅刻しますよ？」

「くっ、いつまでも見つめていたいというのに時間というのは残酷なものだね。フィオーリ、いつものように、私の髪を結ってくれるかい？」

「はい、今すぐにでも」

手を放してくれたことにほっとしながら、わたしはアドニス様の髪を整えることにした。

◇◇◇◇◇

転移の魔法陣は、すでに用意されている。

普段はアドニス様しか入ることのない、魔法を扱うための部屋だ。

余分な装飾のない石壁に囲まれ、床に描かれている円と細かな模様が転移の魔法陣なのだろう。

着飾ったアドニス様は、いつにも増して美しい。黒いタキシード姿で、首元のクラバットには黄緑色の大きなペリドットのブローチが輝いている。

「フィオーリ、こちらへ」

アドニス様に促され、魔法陣の隣へ立つ。呪文を唱えると、魔法陣に光が走り出す。

「出立前に、貴方に渡しておきたいものがあるんです」

そう言って、アドニス様は金の鎖で飾られたタキシードのポケットから、ネックレスを取り出した。

いくつもの小さな金の葉が連なり、鎖になっている。

ネックレスにつけられた宝石は、夜の森のようにやさしい藍色《あいいろ》の雫《しずく》の中に、綿毛のような光がキラキラと舞っている。

「素敵……！　まるで月光花《げっこうか》を閉じ込めたかのようではありませんか」

あの夜の森でアドニス様が見せてくれた、春の月光花を再現したかのよう。藍色の雫の中で光がほわほわと動いて輝いているのは、魔法？

「貴方が安心して過ごせるように、私からのお守りです。このネックレスには、私の魔力を練り込んであります。貴方に何があっても、離れていても、私が常に貴方を守ります」

優しい瞳でわたしを見つめながら、アドニス様はわたしの首にネックレスを付けてくれた。

そっと触れてみると、暖かな魔力を感じる。

「さぁ、行きましょう」

アドニス様が手を差し出す。

その手を取り、わたし達は光り輝く魔法陣の上に乗った。

転移の魔法陣は、王都にあるアドニス様の別邸に繋がっている。くるくるっと魔法陣の光が回り、一瞬で別邸についた。

そこから王城へは馬車で移動するようだ。別邸の前にはすでに馬車が用意されていて、アドニス様にエスコートされながらわたしは馬車に乗り込む。

王都の中だから、もう、城は目と鼻の先。

「……怖いですか？」

どうしても口数の少なくなってしまったわたしを、アドニス様が心配気に見つめている。

「いえ、大丈夫です、アドニス様がいてくださるのですから」

微笑む口元が、少しばかりひきつってしまったかもしれない。

苦笑して、アドニス様はわたしの頭をぽんぽんと撫《な》でてくれた。

駄目《だめ》ね。

こんなに綺麗に装ってもらって、アドニス様からは愛の籠《こも》ったお守りまでもらって。なのに俯《うつむ》いていてはいけないでしょう。

アドニス様に恥をかかせることのないよう、堂々とする。

どくん、どくんと緊張で鼓動を早める胸を無視して、わたしは前を向き、背筋を伸ばした。

◇◇◇◇◇◇

アドニス様にエスコートされ、会場に入ると一斉に視線がわたし達のほうへ向く。

ざわざわとざわめく人々は、「あの方は一体？」「見慣れない方々ですがなんて素敵な……」といったことを口々に囁《ささや》き合っている。

そうよね。

いままでアドニス様はめったに王都に来なかったはずだし、このような王族主催のパーティーにはおそらく最初の挨拶《あいさつ》だけをして、あとは別邸で過ごしていたはず。だから余計にどなたもアドニス様だとわからないのだろう。

それに、以前のアドニス様といまのアドニス様はまるで別人だ。

伸ばしっぱなしで傷みきっていた深緑の癖《くせ》っ毛は、いまはシャンデリアの輝きを跳ね返すかのように艶やかに輝き、寝不足気味で濃い隈《くま》が浮かび、落ちくぼんでいた目元は涼やかな切れ長の瞳に変わっている。

筋張《すじば》っていた細すぎる身体は、お肉をきちんと食べられるようになったことで、みるみる変化して、程よい筋肉の付いた均整の取れた身体つきになった。

けれど中身は変わらず穏やかで、こんなに優しくて素敵なアドニス様の婚約者であることが誇らしい。

周囲に見知った顔がいないことにほっとしながらも、わたしとアドニス様は何事もないかのように、本日の主役である第三王女ディリス様へご挨拶に伺う。

「久しいな。随分と見違えたではないか」

ディリス様は豪奢な金の髪を頭の高い位置で結いあげ、アドニス様に親しげに微笑んだ。本日十八歳の誕生日を迎えた彼女はまごうことなき美女で、口紅で赤く彩られた口元が蠱惑的な方だ。

「本日はお招き頂きありがとうございます。ディリス様におかれましてはますますご健勝のこととお喜び申し上げます」

「ふっ、堅苦しい挨拶はよせ。そなたにそんな口調は似合わないだろう」

「ですが、ここは公式な場所ですから」

「くくっ、相変わらず真面目《まじめ》だな。それにしても一年前に見た時とは随分面変わりしたではないか。一瞬、誰だかわからなかったぞ。まぁ、そなたのような長身で深緑の髪の男性は珍しいから、わかったがな」

「大切な婚約者のお陰ですね」

「ほぅ?」

ディリス様が、深紅の瞳を細めた。見定めるような輝きに、自然と背筋が伸びる。

「アドニス・グランゾール辺境伯様の婚約者、フィオーリ・ファルファラと申します」

「やはりそなたが噂の令嬢か。随分とアドニスに愛されているのだな」

ふむと満足げにディリス様は頷いて、「今日は存分に楽しんでいってほしい」と微笑まれた。

ディリス様の前を辞すると、すぐにアドニス様が事情説明を始めた。

「彼女とは、昔から縁がありましてね。王女であり、あの美貌ですから、常に身の危険に晒《さら》されていたんです。王宮魔導師団に所属していた頃は、よく彼女の部屋と彼女自身に保護魔法をかけていました」

「いまは、危険は去ったのですか？」

「いいえ、去ることはないでしょう。ですが、護身具を開発できましてね。いまは私以外の魔導師が保護魔法をかけているでしょう。フィオーリに作ったそのネックレスは、当時作った護身具を改良したものなんです。効果は折り紙付きですよ」

「……同じもの、ですか？」

「違いますよ。貴方に作ったネックレスには、特別な想いが籠っていますから」

「と、特別……っ」

思わず胸のネックレスを握りしめる。

ディリス様と同じものなんて恐れ多い、という気持ちと、わたしだけのものではなかったのだという気持ちと。

少し複雑だった気持ちは、アドニス様のわたしを愛おしそうに見つめる笑顔で吹き飛んでしまった。

「まさか、フィオ？」

けれどそんなわたしの幸せな気持ちを吹き飛ばすかのように、よく聞き覚えのある声がわたしを呼んだ。

わたしをフィオと愛称で呼ぶ人は、家族以外には、リフォル様しかいない。

ゆっくりと。

一呼吸おいて、わたしは冷静さを装いながら振り返る。

そこには、やはりというか、リフォル様がいらした。

相変わらず、輝かんばかりに美しいリフォル様の隣には、当然のようにマリーナ・レンフルー男爵令嬢が寄り添っている。

勝ち誇ったような笑みを浮かべていた彼女は、わたしの隣にいるアドニス様を見ると、一瞬固まった。

「お久しぶりですね、リフォル様」

「あ、あぁ、久しぶり。随分と雰囲気が変わっていて、一瞬誰なのかわからなかったよ」

リフォル様が困惑したようにわたしを見つめている。

今日は、アルフォンスさんがわたしを変えてくれたから。豪奢で上品な装いに負けないぐらい華やかに見えるわたしに、戸惑うのも無理はない。わたし自身が、正直魔法のようだと思っているのだから。

「あのっ、そちらの方は？」

マリーナ様が、アドニス様を上目遣いに見上げながら尋ねてくる。うるうると潤《うる》んだように輝く大きな瞳は、相変わらず愛らしい。

でも……あまり、紹介したくないと思ってしまうわたしは、意地悪かしら。

アドニス様を疑うわけではないけれど、心の中がもやもやとしてしまう。けれど無視するわけにもいかない。

ふぅっと軽く息をついて、わたしは作り笑顔を貼《は》り付ける。

「こちらは、わたしの婚約者のアドニス・グランゾール辺境伯様です」

「初めまして。フィオーリの婚約者アドニス・グランゾールです。以後お見知りおきを」

「「えっ」」

リフォル様と、マリーナ様の声が重なった。

「そんな……嘘でしょう……」

マリーナ様が小さく呟《つぶや》き、何を思ったのかアドニス様の腕を取った。

え、まって、どうして。

「あのっ、お辛い思いをされていらっしゃいませんか!?」

ぐっと身体をアドニス様に押し付け、見上げる。

一体、何を？

「どういう意味かな」

アドニス様も突然のことで困惑しているのがわかる。

マリーナ様は急に何を言っているのか。

リフォル様も唖然《あぜん》として見ている。

「フィオーリ様は、その、言いづらいのですが、とても辺境伯様の婚約者に相応《ふさわ》しいとは言えないのではないでしょうかっ。下級貴族を虐《しいた》げるのは日常茶飯事でしたし、わたしも、友人のリフォル様に助けて頂けなかったら、今頃……」

目に涙をためて、辛そうにアドニス様に縋《すが》って見上げるマリーナ様は、女のわたしから見ても愛らしく、庇護《ひご》欲をそそる。でも言っている内容はわたしを目の前にしてあんまりなのでは。

「……あなたは、リフォル様と婚約しているのでは……」

困惑しながらも、確認する。

リフォル様を『友人』と強めに言い切る姿が不穏に感じてしまう。

でも彼女はずっとリフォル様を慕っていたはず。わたしの数ある噂話に出てきたのだ。『自分の婚約者を慕う男爵令嬢を、常日頃悪辣《あくらつ》な手段で虐《いじ》めぬいたらしい。パーティー会場で故意にワインをかけるなど正気の沙汰《さた》じゃない。嫉妬に狂った女は醜いものだ』と。

あの事件のあったパーティーの日まで、わたしはマリーナ様とのまともな面識はほとんどなく、かかわりはほぼなかったというのに。

けれど彼女がリフォル様を慕っていた男爵令嬢なのだということはわかったし、リフォル様もマリーナ様を憎からず思っているのではないのか。そうでなければ、彼女との婚約の噂が出たりしないはず。

「マリーナ嬢と婚約だなんて、そんなことは……。フィオとの婚約はなくなったけれど、すぐに他の令嬢と婚約だなんてことはありえない」

わたしと目が合ったリフォル様は、きっぱりと否定する。

そうね……わたしは王命だったので異例といえる早さでアドニス様の婚約者になったけれど、リフォル様と別れてからまだほんの数か月。

常識的なリフォル様は、どなたともすぐには婚約を結ばなかったのだろう。わたしと、五年もの間婚約していたのだから。

けれど婚約していないからといって、何故マリーナ様はアドニス様に嘘を吹き込もうとするのか。

(リフォル様の元婚約者でしかないわたしに、リフォル様が親しげに声をかけたから、気分を害したのかな……)

被害者である彼女から語られる内容は、わたしとしては決して故意でもないし、悪意もなかった。けれどワインをドレスにかけてしまったのは事実だ。

アドニス様はマリーナ様の言葉を一方的に信じたりはしないと思うけれど、不安になる。

そっと、アドニス様を見上げ……。

「っ！」

息が止まるかと思った。

アドニス様は、愛らしいマリーナ様に氷のように冷たい視線を向けている。

自分が向けられたわけでもないのに、背筋を冷たいものが走った。

マリーナ様はそんなアドニス様に気づかないのか、わたしの罪状と思われるものを次々と話していく。

『傲慢《ごうまん》で不遜《ふそん》で醜女《しこめ》で悪女』

『人を人とも思わない』

悪意ある噂を信じた一人がマリーナ様で、彼女に迷惑をかけたわたしには、すべてを否定はできなくて。

「わたしはっ、アドニスさまがフィオーリさまの婚約者にさせられたと聞いて、ずっと心配していたんですっ」

ぎゅうっと、人目もはばからず、彼女はアドニス様に身を寄せた。

わたしの胸が、痛いぐらいに締め付けられる。

アドニス様に触れないでと、喉まで出かかってしまう。こんなことだから、嫉妬深い醜女と噂されてしまうのだ。

「マリーナ嬢、はしたない真似はよさないか」

リフォル様がマリーナ様を引きはがそうと、肩に手をかける。けれど彼女はそれを振り払う。

「わたしは心配しているだけですっ、リフォルさまも知っているでしょう？　わたしはずっと、フィオーリさまに虐げられていたんですっ、アドニスさままで被害に遭ってしまわれたらっ」

いやいやをするように、マリーナ様はアドニス様の胸に顔を埋める。思いっきり頭を振ったせいか、小さな真珠とピンク色の宝石を小花のようにあしらった髪飾りが大理石の床に零《こぼ》れ落ちた。

アドニス様は、無表情のまま、マリーナ様の肩を掴《つか》む。嬉しそうに彼女はアドニス様を見上げた。

「君は……人工的な香りだね」

「えっと、アドニスさま？」

ぽつりと呟かれた言葉に、マリーナ様がきょとんとする。

「私は、君に名を呼ぶ許可を与えた覚えはありません」

ぐいっと乱暴ともいえる仕草で、マリーナ様を身体から引きはがし、そして代わりに、わたしを優しく抱き寄せた。

「君が何をもって初対面の私の大切な婚約者を悪しざまに言うのかわかりかねますが、フィオーリは私の婚約者です」

マリーナ様はあからさまに顔を歪《ゆが》めた。

「どうして地味なフィオーリさまなんかを側《そば》において庇《かば》うのですか？　もしかして、脅《おど》されているのですか？　でもそれなら大丈夫です、わたしは、リディアナさまとなかよしなんです！」

「リディアナ？　……あぁ、ゴルゾンドーラ公爵令嬢のことだね」

「はい、そうです！　彼女にお願いすれば、アドニスさまだってフィオーリさまなんかと無理やり一緒にいなくて済みます。だって、アドニスさまが婚約しなければならなかったのは、わたしがリディアナさまに言ったからなんです。意地悪なフィオーリさまと会うのが怖いって！　そうしたら、王都から遠く離れた辺境へ追いやってくださいました。だから今回も、わたしがお願いすれば婚約なんてなくなりますから大丈夫なんです」

笑顔で言い切るマリーナ様に、わたしは、息を飲んだ。

わたしが王都を追われ、辺境へ嫁ぐことになったのはすべて公爵令嬢リディアナ様と、マリーナ様の仕業だったの……。

ゴルゾンドーラ公爵夫人は現国王の妹君だ。仲の良い兄妹で、いまでもお互いを愛称で呼んでいることも有名だ。

だからリディアナ・ゴルゾンドーラ公爵令嬢は現国王の姪《めい》に当たる。

リディアナ様が直接国王に言ったというよりは、お母様である公爵夫人を頼ったのだろう。

(わたしは、アドニス様から、引き離される……？)

すぅっと血の気が引いていくのがわかる。

王命で婚約を結んだのだ。

そうそう簡単に覆《くつがえ》されるものではない。でももしまた王命が下されるなら？

離れたくなどない。でも、わたしは何の力も持っていない。自分の身一つ守れず、悪意に気づきもせず、何一つ信じてもらえずに婚約破棄されるような……。

「フィオーリ」

腰に回された手に力がこもり、わたしはアドニス様を見上げる。

大丈夫だ、というようにわたしにやさしく頷いた後、アドニス様はマリーナ様を見る。その目には、少しの情も感じない。

「フィオーリは由緒正しいファルファラ伯爵令嬢です。男爵令嬢であるという君が無礼を働いていい相手ではありません」

「無礼だなんてそんな、わたしは、アドニスさまを心配して差し上げているのですっ」

「私は見ず知らずの君に心配されなくてはいけないような弱者ではありません。幼子でも君のような礼儀知らずな人に心配されるいわれはないでしょう」

「礼儀知らずだなんてそんなっ、わたしは、リディアナさまとなかよしだって言ってるのに！　ここにいるリフォルさまだってクルデ伯爵子息なのだから、立場は同じではありませんか。それにリフォルさまはフィオーリさまの悪行の被害者なんですから何を言ったっていいはずです。どうか、アドニスさまは騙《だま》されないでくださいっ」

マリーナ様は必死に言い募《つの》り、アドニス様は疲れた溜《た》め息をついた。

「友人の爵位が同じだからと言って、君の爵位が男爵家から伯爵家になるわけではないし、ましてや辺境伯である私の許可もなしに名前を呼ぶなど、本来なら投獄もあり得る無礼なのだけれど、君には何を言っても理解できないようだね……」

「グランゾール辺境伯様、マリーナ嬢が大変失礼いたしました。彼女は少し前までは平民として暮らしていたので、貴族としての礼儀作法にまだ疎《うと》いところがあるのです。ほらマリーナ嬢、君もきちんとお詫《わ》びを」

余りの展開に固まっていたリフォル様が、剣呑《けんのん》な雰囲気を感じ取ってアドニス様に謝罪した。けれどマリーナ様は、その大きな瞳に怒りと涙を乗せてリフォル様を睨《にら》み、「アドニスさまの前で平民と呼ぶなんて、リフォルさままであんまりだわっ」と言い捨てると走り去っていってしまった。

リフォル様はわたし達に再度「本当に、申し訳ございません」と頭を下げて、マリーナ様の後を追っていく。

二人が見えなくなると、アドニス様は床に落ちていたマリーナ様の髪飾りを拾い、じっと、見つめた後、無造作にポケットにしまった。

「……そんなに、私は信用できませんか？」

「えっ」

「顔に出ていますよ、『不安だ』と」

　アドニス様が困ったように言いながら、わたしの頬に手を置く。

「私が、彼女の言葉を信じると思いましたか」

「いいえ！　……でも、わたしは……」

「いいですか？　貴方は、私の婚約者です。誰が何と言おうと、それこそ本当に悪女だとしても、私は貴方を信じます。だから私を、信じて」

　黒曜石のような煌《きら》めく瞳が、わたしを見つめて離さない。

（……あぁ、わたしは、誰も信じていなかったのね……）

　信じているようで、信じていない。だから、誰もわたしを信じてくれなかった。

「アドニス様、わたしは、貴方を信じています」

「ありがとう」

　ふっと微笑んで、アドニス様はそのままわたしの髪に口づけた。

「っ!?」

「ふふっ、私も男ですから。元婚約者を忘れなくともいいとは言いましたし、私を好きだとも言ってもらえましたが、より一層私を想ってもらえるようになる努力は怠《おこた》りませんよ」

「せ、積極的になりすぎではっ」

「私も不安だったんですよ。貴方が、リフォル殿を追いかけてしまうのでは、とね」

「そんなことはありえませんっ。彼とは、終わったことなんですよ？」

リフォル様を好きだった。

それは事実。

でもマリーナ様と二人寄り添っている彼の姿を見ても、わたしの胸は少しも痛まなかった。

数か月前と変わらない、リフォル様の王子様のような美貌を前にしても、以前のようにきらきらしく感じることもなく、心はいたって凪《な》いでいた。むしろわたしは、アドニス様と引き離されてしまうことのほうがずっとずっと怖かった。

「そのようだね。私としては、嬉しい限りです。ライバルが減るのはよいことだからね」

「ライバルだなんて……わたしには、アドニス様しかいません」

何の取り柄もない令嬢なのだ、本当に。

誰もかれも、わたしのことなど眼中にないだろう。

「フィオーリは本当に魅力的なのに、この自分の価値に無頓着《むとんちゃく》なのは危険だね……もっと私のものだという証拠を積み上げたほうが良いのかな」

ぐいっとアドニス様がわたしの腰に置いた手に力を込める。

パーティー会場に、音楽が流れ始めた。

「美しいわたしの婚約者を、皆に見せつけてあげましょう！」

アドニス様は全開の笑顔でわたしをリードし、会場を駆けるように踊りだした。

練習の時よりもずっとテンポが速く難しい曲だというのに、アドニス様はわたしを上手《うま》くリードしてくれる。だからわたしは練習したとはいえダンスが苦手なはずなのに、ステップを少しも間違わずに踊れている。

会場に入った時からちらちらとわたし達を見ていた貴族令嬢の一人が、わたしをあのフィオーリ・ファルファラ伯爵令嬢だと気づいたようだ。

リフォル様と踊っていた時のように、聞えよがしの陰口が聞こえてくると、わたしの身体はぎこちないステップになっていく。

「フィオーリ、よそ見はいけないよ？　私だけを見てください」

アドニス様が気づき、わたしに顔を寄せて囁《ささや》く。

吐息のかかる距離に、わたしの心臓はどきりと跳ね上がる。

「私のフィオーリ。心無い声よりも、私の声を。嫉妬に狂う他人よりも、貴方に恋する私を見てください」

「アドニス様……」

漆黒の瞳を見つめているだけで、嬉しさがこみあげてくる。

強張りかけていた身体が自由を取り戻《もど》し、伸び伸びとステップが踏める。

アドニス様がわたしだけを見てくれる。

わたしも、アドニス様だけを見る。

くるくる、くるくる♪

一曲が終わっても続けて二曲、三曲。

あんなに苦手だったダンスを踊り続けるのが楽しい。

アドニス様がいてくれるだけで、すべてが楽しくなる。

さすがに四曲目はわたしの息が上がってきて、アドニス様がすかさずダンスの輪からわたしを連れだして、テーブルまでエスコートしてくれる。

「疲れたかい？」

アドニス様は汗一つかかずに、微笑む。

対するわたしはといえば、もう立っているのがやっと。

「アドニス様はダンスが苦手だなんて、やっぱり嘘ですよね？」

「いいえ、本当でしたよ？　ただ……」

「ただ？」

「フィオーリに良いところを見せたくて、こっそり必死に特訓したのですよ」

「特訓しすぎです」

「でも格好良かったでしょう？」

「はい、ずっと、アドニス様だけを見ていました」

少しも悪びれずに答えるアドニス様は、悔しいけれど本当に格好良かった。

それは見ていたほかの貴族令嬢も同じらしく、ちらちらとアドニス様を見ている。

「アドニス・グランゾール辺境伯様ですね？」

不意に、アドニス様に声がかかった。

黒いお仕着せを着た会場の給仕だ。

「お取り込み中のところ、申し訳ありません。王宮魔導師団副団長様がお呼びです」

「副団長？　彼が一体私に何の用だい？」

「ご案内いたします。お連れの方はこちらでお待ちください」

「フィオーリ、少し席を外しますね。すぐに戻ります」

「はい、こちらで待っています」

王宮魔導師団副団長なら、結界について？

ディリス様やほかの王族の方々の護身具についてかもしれない。どちらにしても、わたしが付いて行っては邪魔になってしまうだけだろう。

大人《おとな》しく、わたしは会場の隅《すみ》でアドニス様を待った。


どのくらいそうしていただろう。

「フィオーリさまっ、こんなところにいらしたのですね」

マリーナ様がパタパタと駆け寄ってきた。

わたしは即座に距離を取る。

足を引っかけたなどと言われないように。手にもグラスを持っていない。

「そんな、あからさまに距離を取らなくとも……やっぱり、フィオーリさまはわたしがお嫌いなのですね……」

うるうると瞳を潤ませる姿は、何もしていないのにこちらが悪いことをしたような気持になってくる。

確かにあからさまによけてしまったかもしれない。どうしても、あのパーティーのことが思い出されて……。

「リフォル様とご一緒ではないのですか？」

「わたし、リフォルさまに叱《しか》られたんです……温和な彼が怒るの、初めて見ちゃって。びっくりしました。それで、いままでの事もいろいろ聞かれたんです」

「いままでの事？」

「はい。ずっと、フィオーリさまにされていた嫌がらせについてです」

「嫌がらせ……」

一度もしたことなんてないのに。

「ずっと、わたしは辛かったんです。でも、リフォルさまに叱られて、もしかしたら、誤解もあるんじゃないかなって思って。だからちゃんと話そうって。……でも、ここは人目に付きますね。少し、場所を移動しませんか？」

確かに、周囲の人々がちらちらとこちらを窺《うかが》っている。

騒ぎになったりしたら、アドニス様にご迷惑がかかってしまう。

「さっき、庭先で綺麗な花を見かけたんです！　そこでお話ししませんか」

（……庭先なら会場からそれほど離れていないし、すぐに戻ってくれれば問題ない？）

正直、マリーナ様とはあまり一緒にいたくない。また、リディアナ様に誤解されてしまったらと思うと、身がすくむ。

けれど、あの辛かったパーティーでの誤解が解けるなら……。

「少しの時間なら」

つい、そう答えてしまった。

「よかった！　では案内させて頂きますね、こちらです」

応じるわたしに、マリーナ様が嬉々《きき》として案内する。

会場のテラスから庭に出ると、思いのほか風が冷たい。

窓から漏《も》れ出る光で所々照らされた庭を、彼女はどんどん進んでいく。

昼間は美しい装いを見せる庭も、夜はどことなく不気味に見えた。

「あっ、わたしったら、お飲み物を持ってきてませんでした。フィオーリさまの分もすぐにとってきますね！」

庭にわたしを置いたまま、マリーナ様が足早に去っていく。

飲み物など良いのに。

そう思いながらも、わたしは彼女を待つことにした。勝手に戻って、また嫌がらせをされたと思い込まれたら困る。

「フィオーリ・ファルファアラ伯爵令嬢？」

そう思って待っていたら、聞き覚えのない声に名前を呼ばれた。

「ああ、本当にいらっしゃいましたね、フィオーリ様。その鮮やかな橙色《だいだいいろ》の髪は見間違えようもない」

「……どなたでしょうか」

庭の暗がりから出てきた男は、貴族だろうか。服装を考えると使用人ではありえない。何故貴族が一人でこんなところに？

相手はわたしを知っているようだけれど、社交が苦手だったわたしの交流関係は狭い。ましてや異性であればなおのこと知り合いは少ない。

茶色い髪と瞳の、どこにでもいそうな男性は、胡散臭《うさんくさ》い笑みを浮かべて近づいてくる。

「どなたなんてそんな冗談を。貴方から呼び出されて半信半疑でやってきましたが、来てよかった」

話がかみ合わない。

わたしは目の前の男性を知らない。

見た覚えも、名前すらもわからないのに呼び出すはずがない。ここに来たのはマリーナ様についてきただけだ。

「わたしは、貴方を存じ上げません。確かにわたしはフィオーリですが、どなたかと間違えられて誤解があるのではありませんか？」

「ええ、ええ、わかっていますとも！　お互い知らない人同士という事にしたいんでしょう？知らない者同士今夜を十分楽しもうじゃありませんか」

言うなりわたしの腕をぐいっと握って引き寄せる。そのまま暗がりに引きずり込まれた。

「なにを……っ」

「辺境の田舎《いなか》じゃこういったお遊びはできずに、不満もたまっているんでしょう」

眩暈《めまい》がした。

……あぁ、この男は、あの噂を信じているのだ。自由奔放《ほんぽう》で男好きで、自分よりも身分の低いものを人と思わない悪女。

「だ、誰か助け……」

「おっと、声は出してくれるなよ？　こんな場所で騒がれちゃ、楽しめないでしょう」

楽しむ気など毛頭ない。

触れられた場所から怖気《おぞけ》が走る。

早く、早く逃げなくては。

そう思うのに、カタカタと震える身体は恐怖で思うように動いてくれない。

わたしのドレスに男の手がかかる。

(アドニス様……っ！)

わたしは、胸のネックレスを握りしめた。

瞬間、ネックレスが強く輝く。閃光《せんこう》といってもいいそれは、見知らぬ男を弾《はじ》き飛ばした。

「な、何だよこれ！」

突然弾き飛ばされ、恐れをなした男は、光を振り払って逃げて行く。

わたしは、へなへなとその場に座り込んだ。

(なぜ、こんなことに……)

わかっている。

アドニス様を待たずに、のこのこと庭に出たりしたからだ。

そろそろマリーナ様が戻ってくるかもしれない。けれどこのままここにいたくはない。

彼女も、わたしがいないのがわかれば入れ違いになったとしても会場に戻ってくるだろう。

そう思い、まだ震える足に力を込めて立ち上がった瞬間。

「フィオーリ・ファルファファラ伯爵令嬢！　あなたという人間は、どこまで汚いの！」

リディアナ・ゴルゾンドーラ公爵令嬢の声が、庭に響き渡った。

彼女の声を聞き、会場から庭先に人々が出てくる。

「アドニス・グランゾール辺境伯様という婚約者がいながら、こんなところで逢引《あいびき》するだなんて」

汚《けが》らわしいものを見るように、リディアナ様は扇で口元を隠しながらわたしを蔑《さげす》む。

逢引？

いいえ、わたしは被害者だ。無理やり暗がりに引きずり込まれただけ。

けれど集まった貴族達がひそひそと囁き合う。

『御髪《おぐし》が乱れているわ』

『まぁ、噂通りの方ですこと……』

聞こえてくる内容に、背筋を冷たいものが伝う。

髪や衣装を直す時間はなかった。

辛うじて立ち上がれただけだ。

「違います、わたしは、そんな、こと……っ」

「わたくしは見ていたわ。辺境伯様の婚約者でありながら、ここで別の男と抱き合っているのを！」

震えるわたしの声に覆《おお》い被《かぶ》せるように、リディアナ様が叫ぶ。

まるであのパーティーの日のようだ。

何も言わせてもらえず、すべてわたしが悪いと決めつけられて。リディアナ様の隣には、マリーナ様がいるのまであの時と同じ。

……そうだ。

何故マリーナ様は何も言わないの。

彼女に呼び出されてわたしはここに来たのに。

「わたしは、マリーナ様に呼ばれて、ここに来たのです……」

「嘘をお言い！　マリーナはお前にここに呼び出されて怖いとわたくしに言ってきたのよ。だからわたくしは彼女と共にこの場所に来たというのに、恥知らずな。お前はどれほどわたくしの親友を虐げれば気が済むの。ファルファラ家が由緒正しいお家柄なのは知っているけれど、だからと言ってそれがなに？　わたくしの親友を見下せるような価値があるとでも？　名前だけの何の力もない伯爵家の令嬢ごときに、マリーナを汚させないわ！」

マリーナ様を背に庇うように、リディアナ様が前に出る。

「リディアナさまっ、わたしみたいな男爵令嬢を親友だなんてっ」

「いいえ、いいえ、マリーナ。貴方のように素直で愛らしい子が男爵家に生まれたのが間違っているのよ。わたくし、いつも思っているの。貴方が本当の妹だったら、って。貴方は身分を気にすることなんかないわ。貴方はわたくしの親友なのだもの。伯爵家に生まれたからといって、身分しか取り柄のない卑《いや》しい女とは、貴方は違うのだから」

マリーナ様を庇いながら、リディアナ様はわたしを睨みつける。リディアナ様の背から覗《のぞ》くマリーナ様と目が合った。

——勝ち誇ったような、笑み。

(あぁ、わたしは、騙《だま》されたのね……)

やっとわかった。彼女は最初から、誤解を解かせてくれる気なんかなかったのだ。

身体の震えが止まらない。

そんなわたしの肩が、背後から掴まれる。

びくっとして振り返れば、そこにはアドニス様がいた。

「遅くなって、すまなかったね」

「アドニス様、わたし……」

「アドニスさまっ、聞いてください！　フィオーリさまは、ここで、アドニスさま以外の方と会ってたんです。アドニスさまに対する酷《ひど》い裏切りですっ」

「髪が乱れてしまっているね……」

話に割って入ってきたマリーナ様を無視して、アドニス様はわたしの乱れた髪を辛そうに撫でた。

「アドニスさまはまだその悪女を信じているのですかっ！　リディアナさまだって見てたんですよ!?」

マリーナ様が苛立《いらだ》たしげにアドニス様に駆け寄り、その腕に縋る。

「そう、それが何だというんだい？」

「えっ」

アドニス様はまるでゴミを払うように腕を振り払った。

よろけたマリーナ様は、なんとか倒れずにその場に踏みとどまったけれど、何が起こったかわからずきょとんとしている。

「え、わたしを振り払った……？　嘘でしょう……？　なぜ？」

「私は君に名前を呼ぶ許可も与えていなければ、親しげに腕を取られる覚えもないからですよ」

「だからって、振り払うなんて、そんなことっ」

「そうですわ。いくらグランゾール辺境伯といえど、わたくしの親友に無体を働くことは許しません。今すぐマリーナに詫びなさい！」

リディアナ様が扇子を鳴らし、命じる。

けれどアドニス様は、一笑《いっしょう》に付《ふ》した。

「リディアナ・ゴルゾンドーラ公爵令嬢。貴方は勘違いをしている。王族でもない貴方が辺境伯である私に何を命じられるとでも？　私に命じる事ができるのは王家と、婚約者のフィオーリだけです」

「わ、わたくしは公爵令嬢だわ！　貴方なんかより身分は高いんだから言うことを聞きなさいよっ」

「先ほど、私のフィオーリに『身分しか取り柄のない卑しい女』と言っていたように思いますが、それは自己紹介ということでよろしいようですね。事実関係を調べることなく一方の言い分のみに耳を傾け、他者を糾弾する。実に愚かとしか言いようがない」

「失礼なっ、取り消しなさい！　貴方の言い分では、まるでマリーナが嘘をついているかのようじゃないっ」

「その通りです」

「なっ！」

リディアナ様が絶句する。マリーナ様も目を見開いて「ありえないわっ、どうしてわたしを疑うのですかっ」と叫んだ。

「私はね……場所の記憶を再現できるんですよ」

アドニス様はわたしを背に庇ったまま、呪文を唱え、テラスを指さす。

するとどうだろう。

「えっ、わたしがいる!?」

マリーナ様が後ずさる。

テラスから庭先に、もう一人マリーナ様が現れたからだ。

もちろん、その彼女は過去の彼女だ。本物のマリーナ様と違い、幽霊のように少し薄れている。

マリーナ様の後ろには、同じように影の薄いわたしがいる。

過去のマリーナ様とわたしは驚いて固まっているリディアナ様を通り抜けて、わたし達と同じ場所に立った。

『あっ、わたしったら、お飲み物を持ってきてませんでした。フィオーリさまの分もすぐにとってきますね！』

過去のマリーナ様が、先ほどと同じことを言って、パタパタと走り去る。

当然だろう。これは過去を再現したのだから。

そして過去のわたしは、先ほどと同じように一人でマリーナ様を待っている。

そのあとは見知らぬ男が現れ、わたしを無理やり暗がりに引き込んだ。助かったのに、再び身体が震える。

「すみません、辛いものを見せてしまって」

アドニス様がわたしだけに聞こえるように、耳元に口を寄せて囁く。

わかっている。これは、皆に見せないといけないものだ。

でなければ、一生、わたしはここで汚されたかもしれないという噂を囁かれ続けるだろう。

過去の再現はわたしのネックレスから光が放たれ男を迎撃し、リディアナ様達が来たところで止まった。

「これで、理解できましたか？」

アドニス様がリディアナ様に問う。

リディアナ様は、わけがわからないというように、アドニス様とマリーナ様を交互に見つめている。

「リディアナさまっ、違うんです、わたしっ、フィオーリさまにそう言えって言われたんです！　きっと、アドニスさまも共犯者なんです、フィオーリさまに騙されて、アドニスさまはわたしを陥《おとしい》れようとしているのですわっ。アドニスさま、目を覚ましてください！」

マリーナ様は大粒の涙を零しながらリディアナ様に言い訳をし、アドニス様には目を覚ませという。

「……マリーナの言う通りでしょう。いまのが過去の再現だからと言って、彼女がフィオーリを呼び出した証拠にはならないし、最初から仕組まれていたのなら、どんなことだってできるでしょう。まるでマリーナが嘘をついたかのように演じることだってできたはずだわ」

「リディアナさまっ」

マリーナ様が嬉しそうにリディアナ様に抱き着く。

そんな彼女をリディアナ様はそっと抱きしめ返しながら、アドニス様に向かい合う。

「最初から仕組んだというのなら、フィオーリを襲った男性を探し出してみましょうか。彼とは、私も個人的にゆっくりと話し合う必要があるでしょうし」

話し合う、という言葉がこれ以上ないくらいに剣呑に聞こえる。

「その必要はないよ」

ざわつく庭先に、リフォル様の声が響く。

リフォルト様は、衛兵に引きずられるように連れてこられた問題の男性と共にやってきた。

「リフォルト様、どうしてここへ？　それに、その方はさっきの……」

「彼は、ジャダン子爵家の次男カールです。挙動不審で衛兵と揉《も》めていたので、連れてきました」

聞いたことのない名前だ。もっとも、社交から逃げていたわたしには、知っている名前のほうが少ないのだけれど。

「フィオは会ったこともないでしょう？　彼は、最近パーティーに出るようになったばかりです。辺境伯領にいたフィオに、それまで面識のないカールと連絡を取る手段などなかったと思います」

リフォルト様の言葉にアドニス様も頷く。けれどマリーナ様はまだ認めない。

「手紙は出せるじゃないっ！」

「辺境伯領から王都まで一週間はかかります。そして先週、フィオーリはどこにも手紙など出していません。密《ひそ》かに一人で連絡を取ることも不可能でしょう」

「そ、そしたらこの会場で打ち合わせしたんだわっ、異性を頼るのなんてフィオーリさまなら得意でしょうっ」

「……俺は、マリーナに言われたんだよ。あのフィオーリ・ファルファラ伯爵令嬢が、夜を楽しみにしている、って」

「ちょっとあんたなに勝手なこと言ってるのよ、人のせいにしないでよっ」

マリーナ様が食ってかかるけれど、カールはふいっと目をそらして無視した。

「さぁ、リディアナ・ゴルゾンドーラ公爵令嬢。誰が嘘をついていたのか、もうおわかりでしょう」

リディアナ様は、扇子を握りしめて悔しそうに口元を歪めている。

「そして皆様にはもう一つ、見て頂きたい過去があります」

アドニス様が腕を上げ、呪文を唱えた。

バンっと、テラスの窓が左右に開け放たれ、パーティー会場に風が吹き込む。

そしてそこに再現されたのは、あの因縁のパーティーだった。


過去のわたし達が、今のパーティー会場に映し出される。

わたしはいつも通り社交が苦手で、会場の隅に佇《たたず》んでいるのが見えた。

離れた場所で、リディアナ様とマリーナ様、そしてリディアナ様の取り巻きの令嬢がわたしを見ていることに気づいてもいない。

リディアナ様は、マリーナ様に頷く。

「大丈夫よ、すべてわたくしに任せなさい。可愛《かわい》い親友の頼みだもの、叶《かな》えて見せるわ。そもそも、彼女の身分はたかが伯爵令嬢なのよ。わたくしの親友を見下すだなんて、傲慢にもほどがあるわ。ましてや、貴方の慕うリフォル様の婚約者だなんて、身の程知らずなのよ。きちんと、わからせてあげる」

リディアナ様は側にいた給仕に耳打ちをした。

「あそこにいるフィオーリ・ファルファラ伯爵令嬢にワインを届けなさい。なみなみと注いでね。そう、橙色の髪をした女よ」

給仕は命じられるままに頷いて、壁の花となっているわたしに近づいていく。

リディアナ様は、その間にも取り巻きの令嬢達に細かな指示を出した。

「そうね、みんな、あの女が逃げられないように取り囲んで。貴方は、うまくフィオーリの背後に回って頂戴《ちょうだい》、マリーナが正面に立ったら、あとはわかっているわね？」

指示をされた令嬢達は、嫌な笑みを浮かべて頷いている。

わたしの心臓が、ドクンドクンと悲鳴を上げる。

(まさか、あの時の、あの状況は偶然なんかじゃなく……)

リディアナ様はマリーナ様を愛おしげに見つめると、「ドレスが台無しになってしまうけれど、すぐに新しいドレスを送るわ。だから、ほんの少し、我慢してね？」と微笑んだ。

決定的だった。

最初からすべて仕組まれていたのだ、あの時の茶番は。

リディアナ様とマリーナ様、そして取り巻き達は、ゆっくりとわたしとの距離を詰めていく。

何も気づいていないわたしは、給仕に無理やり勧められたワイングラスを手に、ぼんやりとしている。

背後に回った令嬢が、思いっきりわたしにぶつかった。体勢を崩したわたしはワイングラスの中身を零し、目の前に来ていたマリーナ様のドレスを汚した。

慌てて詫びようとする声を遮《さえぎ》って、リディアナ様が叫ぶ。

糾弾され、戸惑うわたしをリフォル様は悲しげに見つめて、マリーナ様と共に去っていく。

マリーナ様は、うつむきながら――嗤《わら》った。

過去のあの時はわからなかったけれど、泣いていたはずのマリーナ様は確かにくすりと嗤ったのだ。

それだけではない。

わたしが無理やり退場させられた後も、リディアナ様とその取り巻きは、あることないこと噂を囀《さえず》っていた。

『常日頃から、フィオーリは下位の者を虐げておりましたの』

『被害者はどれほど多いことか……』

『リフォル様という婚約者がいながら、他の方ともお噂が……』

リディアナ様とその取り巻き達の噂話は、他の令嬢にも面白おかしく誇張されて伝わっていく。

すべて、すべて、彼女達に捏造《ねつぞう》されていたことだった……。

リディアナ様も、マリーナ様も、リフォル様も、集まっていたほかの貴族達も。

皆、絶句していた。

アドニス様は冷めた瞳をマリーナ様に向ける。

「レンフルー男爵令嬢。君は先ほど会場で、私の大切なフィオーリを悪しざまに罵《ののし》っていましたね。フィオーリは、下位の者を虐げ人を人とも思わない悪女だと。男爵令嬢たる貴方を虐めぬき、ドレスにワインを投げかけたと。けれど現実はどうでしょう。狡猾《こうかつ》な貴方が、フィオーリを陥れただけだ」

わたしを抱きしめる腕に力を込め、アドニス様はマリーナ様を糾弾する。

「ま、まってください！　これには事情があるのですっ、わたしは、ずっとフィオーリさまに虐められていたんです、だから、わたしを好きなリディアナ様がやり返してくださったんです！　もしもこうしてくれなかったら、わたしは今頃社交界から爪はじきにされていたわっ」

わっと、大げさなほどに泣き出すマリーナ様。けれどアドニス様の目には少しの同情も浮かばなかった。

リフォル様は、呆然《ぼうぜん》としている。その空色の瞳がわたしを捕らえた。

泣きそうな、どうしようもない後悔の色が浮かんで、彼は頭を振る。

「ねぇ、レンフルー男爵令嬢。君にはこれが何かわかるだろう？」

アドニス様はタキシードのポケットから、マリーナ様によく見えるように一つの髪飾りを取り出した。

小さな真珠とピンク色の宝石が小花のようにあしらわれたそれは、先ほどマリーナ様が落とした髪飾りだ。

マリーナ様が自分の頭に触れ、アドニス様に笑顔を向ける。

「それは、わたしが落とした髪飾りですねっ。アドニスさまはやっぱりお優しいわ。拾っておいてくださるなんて」

たったいま泣いていたというのに頬を染めながら、マリーナ様はいそいそとアドニス様に近寄って手を差し出す。

けれどアドニス様は髪飾りを渡したりはしない。

「アドニスさま？」

上目遣いにマリーナ様が見つめてくるけれど、それには答えず、髪飾りを持った手を高くかざす。

「私はね、物からだって過去を再現できるんですよ」

「え、それはどうゆう……」

「この髪飾りを付けて君が行った行動を再現できる、ということです」

「なっ、いますぐ返してよ！　このっ……っ！」

マリーナ様が意味に気づき飛び跳ねてアドニス様から取り返そうとするものの、長身のアドニス様が上げた手に小柄な彼女が届くことはない。

「さて、どんな過去が映し出されるのか楽しみですね……」

必死に取り返そうとするマリーナ様を気にも留めず、アドニス様は髪飾りの持つ過去をその場に映し出す。


先ほどまでの過去の映像と違って、今回の過去はあたり一面の景色を変えた。

庭にいるというのに、まるで部屋の中にいるかのよう。どこかの書斎のようだ。

ドレスを着たマリーナ様と、中年の男性が向かい合ってソファーに腰かけている。お父様、とマリーナ様が言うということは、彼がレンフルー男爵なのだろう。

「マリーナ、お前は確かに愛らしい。だが、貴族としての礼儀作法がまったくできていないのだよ。平民では許されていたことも、貴族では許されないことは多々あるんだ。どうか、学んでくれないか」

「おとうさま、大丈夫よ？　だってわたしはリディアナとなかよしなんだから！」

「リディアナ様と言わないか。あの方は本来お前などが口を利《き》くことすら許されない、尊いお方なのだぞ」

「そんなことないってば、おとうさま知らないの？　リディアナはねぇ落ちこぼれなのよ。公爵家ではリディアナ程度当たり前なのですって。確かに美人だけど、従姉《いとこ》のディリス姫には数段劣るし？　可愛さだったらわたしのほうがはるかに勝《まさ》ってるでしょ」

「お、お前は、なんという事を！　不敬だ、今すぐ取り消しなさいっ」

「フフッ、おとうさまったら変なの。ここにはおとうさましかいないんだから、おとうさまが言わなければ大丈夫だもん」

「お前は、可愛い妹の忘れ形見だ。私の身内はもう、お前だけなのだよ。そんな言動では、いつか必ず後悔する日が来てしまう」

「わかってるってば。おとうさまには感謝しているのよ？　両親が亡くなって、どうしようって泣いてたわたしをすぐに引き取って娘にしてくれたんだもの」

「ならば、パーティーにばかり行かずに、まずは礼儀作法を学んでおくれ。家庭教師からも逃げてしまっては、きちんとした知識が身につかないだろう？　現に、何件かお前の言動に対して苦情も来ているのだ」

「名前おしえて？　リディアナに言ってやっつけてもらうわ」

「リディアナ様と言いなさいと何度も言っているだろう」

「いいのいいのっ、リディアナは劣等感の塊《かたまり》なんだから。なんでも『すごいすごーいっ！』って喜んで見せればすぐご機嫌になるし、何でも買ってくれるんだから。便利なのよ？」

「なんて恐れ多い……っ」

「あっ、もうパーティーの時間に遅れちゃうっ。おとうさま、またねっ」

「こら、話はまだ終わって……」

レンフルー男爵の言葉を最後まで聞きもせず、マリーナ様は部屋を出ていく。


そこで過去の再現は途切れて、また別の過去が再現され始めた。

どこかのパーティー会場だ。マリーナ様は、相変わらずリディアナ様に引っ付いている。その瞳が、会場に入ってきたリフォル様に留まった。

「なんて、綺麗。王子さまみたい……っ」

「あら、マリーナはまだお会いしたことがなかったかしら。彼はリフォル・クルデ伯爵子息よ。隣にいるのが、婚約者のフィオーリ・ファルファラ伯爵令嬢」

リディアナ様に言われて、マリーナ様は初めてリフォル様の隣にいるわたしを見た。

その目に、明らかな侮蔑《ぶべつ》の色が宿る。

「……あんな、可愛くもないひとが、なんでわたしの王子さまと……」

小さく呟いた声は、リディアナ様にもよく聞こえなかったよう。

「どうかした？」

「いいえ、なんでもないんです、ただ、なんであんな意地悪そうな伯爵令嬢がリフォルさまの婚約者なのかなって」

「そうね、でも政略結婚などというものはそういうものなのよ」

事もなげに言うリディアナ様に、マリーナ様はとても不満げだ。


次に切り替わった場面は、人気《ひとけ》のない庭先だった。

マリーナ様は一人、扇子を持って自分の手の甲を思いっきりひっぱたいた。

赤く腫《は》れる甲を見て、彼女はほくそ笑む。そこへ、リディアナ様がマリーナ様を探してやってきた。

「マリーナ、探したわよ。こんなところで一人でどうしたの？」

「……なんでも、ないのです」

マリーナ様は、悲壮な顔を作り、俯く。

そして、リディアナ様に見えるように、そっと手の甲をさすった。

「何でもないということはないでしょう。……あら？」

リディアナ様はマリーナ様に誘導されるように、手の甲の赤い腫れに気づく。

「これは一体、どうしたの？　誰にされたの！」

「いいえ、いいえ、本当に何でもないんです、わたしがいけないんです……っ」

否定しながらも、マリーナ様は遠くに佇むわたしをちらりと見た。

いつのお茶会だろう。思い出せない。

遠くに佇むわたしは、マリーナ様とリディアナ様に気づかずに、令嬢達とあたりさわりのない会話を楽しんでいた。

「そう、そうなのね……」

リディアナ様が、低い声で呟く。その目には、わたしへの怒りが込められていて。

マリーナ様は、リディアナ様の後ろで満足げに微笑んでいた。


次に映し出されたのは、お茶会だった。わたしもよく覚えている。子爵令嬢に招かれた時のものだ。

薔薇《ばら》が咲き誇る美しい庭だったから、すぐに分かった。

一人ぽつんとテーブルに座るわたしを、リディアナ様の後ろでマリーナ様が優越感に浸《ひた》りながら見つめている。

「あら、あれはフィオーリ・ファルファラ伯爵令嬢ではなくて？」

「そう言われればそうだった気もしますけれど、使用人の間違いではないかしら」

「伯爵令嬢でしたら、もう少し上品な装いをしているものですものね」

くすくすと嗤いながらリディアナ様とその取り巻きの令嬢がわたしを蔑むのを、マリーナ様は楽しんでいたようだ。

直接陰口には参加しないものの、紅茶を飲むふりをして隠す口の端が嗤っている。

そうして、お茶会も終わりに近づいた時。

リディアナ様達がわたしを見ている間に、ポケットの中から自分のティーカップに何かを投げ入れた。

直後に悲鳴を上げ、マリーナ様は立ち上がる。

おびえ、涙をためる瞳で見つめるティーカップの中には、虫が入っていた。

「どうしたの！」

「……フィオーリさまが……」

マリーナ様の肩を抱くリディアナ様にだけ聞こえるような小声で、彼女は呟く。

リディアナ様がわたしを睨みつけるのを、マリーナ様は嬉しそうに見つめていた。

次に再現されたのは、侯爵家主催のパーティー会場だった。

本来招かれていなかったのであろうマリーナ様を、リディアナ様が使用人に無理を言って通してもらったようだ。彼女はそんなリディアナ様に当然と言わんばかりについていく。

マリーナ様はわたしが会場にいるのを確認すると、わたしから少し離れた場所にいたリフォル様にすぐにダンスを申し込んだ。

「ダンスが不慣れでごめんなさいっ」などと言いながら、リフォル様に不自然なほど身体を密着させて踊っている。一曲踊り終わった後は、ダンスが得意なリフォル様も少し疲れた様子を見せながら戻ってきて、けれど、リディアナ様の取り巻きの令嬢達に囲まれてしまった。

リフォル様は優しく微笑みながら、すべての令嬢に平等に接しているように見える。

けれどリディアナ様の取り巻き達はリディアナ様に言い含められていたようで、しきりにマリーナ様の良さをリフォル様に語っている。

「マリーナ、リフォル様にもっと踊って頂いたらどうかしら」

リディアナ様がそんなことを言いだすと、取り巻きの令嬢達も次々に頷いて二度目のダンスを促す。

同じ人と何度も踊るのは、婚約者でもなければマナー違反となる。

リフォル様がやんわりと断ると、マリーナ様が悲しげな表情を作り、リディアナ様は「マリーナが踊りたがっているのに」と不満げだ。

公爵令嬢である彼女の不興を買うのは得策ではないけれど、リフォル様はこの時はまだわたしの婚約者。

常識的な彼が、婚約者でもないマリーナ様と踊るのをためらっていると、リフォル様のご友人が助け舟を出した。

「マリーナ・レンフルー男爵令嬢。婚約者でもない方が同じ異性と二度踊るのはマナー違反ですよ。リディアナ様は先ほどあなたが踊っていたのを見ていらっしゃらなかったのでしょう。ですからリフォルの代わりに、私と踊って頂けますか？」

とマリーナ様にダンスを申し込んだ。

リフォル様と踊りたがっていたマリーナ様も、自分よりも爵位が上の男性にそう言われてしまうと断れないようで、その手を取る。ちらりとわたしを見て口の端を歪めたのは、優越感、なのか……。


場面はまた切り替わる。

品の良い調度品で整えられた居間に、レンフルー男爵が佇んでいる。

ソファーにはマリーナ様が座っているが、とても不満げだ。

「なぁ、マリーナ。お前は、一体どういうつもりなんだい？」

「どうって？　さっきも言ったわ。子爵家なんかと婚約するはずないじゃない」

「なんかだと？　ジャダン子爵家は我が男爵家よりも爵位が上だというのに。貴族の爵位についても何度も説明しているのに、なぜ上位の者に対して態度を改めないんだ」

「それも何度も言ったじゃない。わたしにはリディアナがいるもん。彼女に言えばなんだってしてくれるんだから。邪魔なフィオーリだって辺境に追いやれたし！」

「お前、本気で言っているのかい？　リフォル・クルデ様は本当に良い方だが、彼は伯爵家の長男だ。男爵令嬢でしかないマリーナと婚約できるような方ではないだろう。それに、何度かお会いしたが、彼はお前を何とも思っていないだろう？　友人として接しているだけのようにしか見えん」

「きっとまだフィオーリがなんか邪魔してるのよ。ほんっとうに嫌な女！」

「滅多《めった》なことを口にするんじゃない。ファルファラ伯爵家は建国まで遡《さかのぼ》れる由緒正しいお家柄なのだ。我が家のような成り上がりの男爵家が見下していいような方々じゃない」

「二度と会う事なんてないんだからいいじゃない」

「それに、リフォル様と本当に婚約したいと思っているなら、何故ほかの貴族子息にまで声をかけたりしているんだ？　婚約者のいる殿方に迫るなどと、平民でもありえないことをなぜしてしまうんだ」

「迫ったりしてなんて人聞きが悪いわ。ただちょっと、お話ししただけだし」

「裏も取ってある。宝飾品を強請《ねだ》り、我が家では到底入れないような王都の店に連れていってもらったりしているようじゃないか。現にそのドレスも、私が買い与えたものではないだろう」

マリーナ様は男爵が言うように、上質なドレスを身にまとっていた。

総レースに細かな刺繍が施されたドレスは、流行に疎いわたしでも一目で高価なものだとわかる。

「これはリディアナに買ってもらったドレスだもの。一緒に仕立ててもらったのよ。彼女と色違いでお揃《そろ》いなのがちょっと嫌なんだけど、一緒に並んでいればわたしの可愛さが引き立つから、いいかなーって」

「尚《なお》悪い！　お前は人を何だと思っているんだ」

「わたし、知ってるのよ？　本当なら、わたしは侯爵令嬢だったのでしょう？」

「……一体、何を言っている？　お前は、わたしの大切な家族だ。妹の忘れ形見だ。お前のその愛らしい顔立ちは妹の若い頃にそっくりだとも。お前の父親は誠実で人柄もよかった。働き者で、生きていたならもう少しで準男爵の地位を得られただろう。侯爵家の令嬢だなんて嘘をどこから……」

「その誠実なパパからよ。パパはよく言っていたわ。わたしのママは、とあるパーティー会場で侯爵家の方に見初《みそ》められたって。一目ぼれされてその場で求婚されたんだけど、愛する人がいるからとママはきっぱりと断って、パパを選んだって」

「あぁ、あぁ、そうだとも！　あの子は不貞を働くようなふしだらな娘じゃない。夫である幼《おさな》

「でもママがそんなだから、わたしは王子さまとの結婚を逃したのよ？　侯爵家の求婚を受け入れていたなら、わたしは間違いなく侯爵令嬢として王子さま達と子供の頃から過ごせたわ。そうしたら、絶対王子さまはわたしに恋をしたはずよ。それなのに、わたしがお父さまに引き取られた時にはすでにご結婚されていたじゃない。だから、ちょっとぐらい侯爵令嬢のように過ごしてみたっていいでしょう？　本当は、最初からわたしが得ているべきものだもの」

「王家の方との婚姻を夢見るなどと、不敬が過ぎる……っ」

「あっ、紅茶冷めちゃったじゃない。淹《い》れ直してきて！」

苛立つマリーナ様は、側に控《ひか》えていたメイドにティーカップを投げつける。

飲みかけの紅茶がメイドのお仕着せを汚したが、マリーナ様は気にも留めない。

小さく悲鳴を上げたメイドは、涙目でティーカップを拾い、部屋を出ていく。

「なんてことを……」

「メイドなんかに何したっていいじゃない」

顔を覆い、苦悩する男爵にマリーナ様はソファーに腰かけたまま平然と笑っていた。

過去の再現はどんどん切り替わっていく。

そのどれもがマリーナ様の本性を炙《あぶ》り出すかのような出来事ばかり。

以前、子爵令嬢のお茶会でマリーナ様の紅茶に虫が入っていたことが確かにあった。

あの時はなぜ急にリディアナ様に睨まれてしまったのかもわからず、逃げるようにお茶会を後にしたのだけれど、それもすべて、彼女の自作自演だったなんて……。

わたしを悪しざまに罵るのは日常茶飯事だし、マリーナ様を大事にするリディアナ様のことも馬鹿にする始末。

そして、わたしを陥れるために、わたしの前でわざと転んだり、自分からぶつかっておきながら酷いと泣いて走り去ったりする姿も再現されていた。

王子様達がご結婚さえしていらっしゃらなかったら、自分こそが結婚できたのだと男爵に言い切る姿には、嫌悪感を通り越していっそ尊敬すらできそうだ。

「返して、返してよっ、嘘ばっかりつかないでっ」

マリーナ様が半狂乱になって髪飾りを奪おうとするけれど、アドニス様は決して返さない。

「次は、どんな過去をお見せしようか。君の過去は随分と奔放なようだし、映し出すのが楽しみですよ」

一切手加減することなくマリーナ様の過去を暴こうとするアドニス様は、呪文をまた唱えようとする。

けれどそこへ、リディアナ様の声が割って入った。

「どうか……もう、やめて」

扇子を握りしめ、リディアナ様は何かに耐えるようにうつむいている。

「リディアナさまっ、やっぱりリディアナさまはわたしを信じてくれるのですねっ、こんなの、全部幻覚です！　って、痛いっ！　何をなさるのですかっ」

駆け寄るマリーナ様を、リディアナ様は扇子で払った。

彼女は驚きに目を見開き、扇子に払われた手を握りしめる。

そんなマリーナ様を、リディアナ様は涙の滲《にじ》む碧《あお》い瞳で見つめ返す。

「……ずっと、わたくしを、愚か者だと、思っていたのね」

震える声が、悲しみを乗せる。

「ちがいますっ、ちがうわっ。全部全部、フィオーリのせいよ！　彼女がアドニス様に頼んで幻を見せているのだわっ」

「まだ嘘をつくの？　アドニス様が映し出したあの日の出来事はすべて嘘偽りなくわたくし達のしたことだわ。そのあとの映像も、貴方がわたくしに言った言葉も一言一句違いがない。なら、わたくしの前以外で言われた言葉だけが違うだなんてそんな事、あるはずがないでしょう？」

「わたしはリディアナさまを凄いといつも思ってるんですっ、ディリスさまなんかよりもずっとずっとずーっとすごいって！　だから、ねっ？」

作り笑顔で腕に縋りついてきたマリーナ様を、リディアナ様はもう一度振り払う。

「……親友だと、身分なんか関係ないと、思っていたのに……っ」

堪《こら》えきれず、リディアナ様の瞳から涙が零れた。

それを見て、アドニス様も腕を下ろし、マリーナ様の髪飾りをポケットにしまった。

「いや、いやよ、こんなの間違ってるわっ！」

「どこへ行こうというの？　どこにも逃げ場なんてないんだよ」

逃げだそうとしたマリーナ様を、リフォル様が捕まえた。

「リフォルさま離してっ」

暴れるマリーナ様を、けれどリフォル様はしっかりと捕まえて離さない。

そこへ、凛《りん》とした声が響いた。

「随分と騒がしいではないか」

今日のパーティーの主役である第三王女ディリス様が庭へいらした。

「お騒がせして申し訳ありません」

「アドニス、そなたが詫びることはあるまい。どうやらそこの小娘と、我が従妹殿がやらかしたようだな」

ディリス様はマリーナ様とリディアナ様に目を向ける。

「ディリスさまっ、聞いてください、わたしはなにもわるくないんですっ」

「そのようだな。そなたが悪いのは頭のできのようだ。生まれつきのものを後生大事に持ってこの場を立ち去るがいい」

「えっ、なんでよ、リフォルさま、なんでわたしを衛兵に突き出すの？　わたしのことが好きでしょっ」

「私は一度もマリーナ嬢に愛を囁いたことはないはずだよ。世間知らずでか弱い貴方を守ってあげなくてはと思っていたけれどね……」

「そんな……っ、それもこれも、全部あんたが悪いのよ！」

マリーナ様が怒りの形相でわたしに叫ぶ。

「あんたみたいな何の取り柄もない女が、貧乏伯爵令嬢がっ、美しいリフォル様の婚約者だったのが間違いなのよ！　せっかく化け物樹木人《トレント》のところに追い払えたと思ったのに……むぐっ！」

聞き苦しい言葉の数々に、衛兵が彼女に猿轡《さるぐつわ》をかました。

ずるずると引きずられるように庭から門へ連れられて行くマリーナ様は、ずっとわたしを睨みつけていた。

「リディアナ。そなたも今日はもう帰るがいい」

ディリス様は、涙を流してうつろに佇むリディアナ様を促す。

足元もおぼつかないリディアナ様を、彼女の取り巻き達がすかさず支え、公爵家の馬車へと見送っていく。

「ふむ、随分な騒ぎだったが、あの者達には追って沙汰を下す。皆は引き続き、パーティーを楽しんでいってくれ」

ディリス様が宣言し、庭に出てきてしまっていた人々は次々と会場の中に戻っていく。

そんな中、リフォル様は立ち止まり、わたしを真っ直《ます》ぐに見つめた。

「フィオ……信じてあげられなくて、ごめん」

リフォル様が、皆の見ている前で頭を下げる。周囲の貴族が立ち止まって見ている。

「リフォル様、顔を上げてください。もう、良いんです。あの時のあの状況では、信じてもらえなくて当たり前だったんです。わたしは、リフォル様に会えるようもっと努力するべきでした。話を聞いてもらえるようにするべきだった。けれどわたしはまったく動かなかった。気持ちばかり焦って、なにも……でもっ、いまこうして冤罪《えんざい》が晴れたのだから、それで十分です」

そう、仕方がなかった。わたしは作られていく噂に、現状に、ただただおびえて何もしなかった。それ以前にも、もっとリフォル様と話す時間を設けていたらよかった。何をおいても信じてもらえるような、信頼関係を築けるように努力するべきだった。

一方的に婚約破棄されたことは辛かった。苦しかった。けれどそれは、リフォル様だけのせいなんかじゃない。

「フィオ……」

何かを堪えるようにリフォル様は飲み込んで、わたしとアドニス様にもう一度頭を下げて去っていった。

「フィオーリ」

アドニス様が、そっとわたしの手を握る。

「アドニス様……」

「指先がこんなに冷えて……」

片手だけでなくわたしの両手を包み込むアドニス様の手がとても温かい。それに、いつの間にかわたしは手を握りしめてしまっていたようだ。アドニス様の手に包まれて、ほっと力が抜けたから。

「私がほんの少しでもあなたの側を離れたのが間違いでした。必ず守ると誓ったのに、こんな目に遭わせてしまうなんて……」

「アドニス様、それは違います。わたしがパーティー会場を勝手に抜けだしたからです。アドニス様のせいなんかじゃありませんっ。それに、アドニス様は離れていてもわたしを守ってくれました」

わたしはネックレスに手を添える。アドニス様の想いの籠るこのお守りがわたしを守ってくれた。月光花を思わせる淡い光の粒子が躍《おど》るこのネックレスが。

「フィオーリ……」

「アドニス様。わたしを助けてくださって、守ってくださって、ありがとうございます」

「貴方を守れてよかった。フィオーリを守れたことが私の誇りです」

ぎゅっと、アドニス様がわたしを抱きしめ直す。

「ま、待ってください、こんなところでは人に見られてしまいます」

アドニス様から離れようと身を捩《よ》じると、より一層強く抱きしめられた。

「そう、なら見られないようにしてしまいましょう」

「えっ」

驚くわたしに微笑んで、アドニス様はすっと片手を空に伸ばして人差し指を回す。瞬間、周囲が星空を映したかのように変化した。まるで、夜空が下りてきて、わたし達を包み込むかのよう。星がキラキラと瞬《また》き、欠片《かけら》がわたし達に降り注ぐ。

「これでもう、誰にも私たちは見えません。それに、ほら。ここには美しい花々が咲き誇っていますよ」

星空に囲まれた中で、アドニス様がぱちりと指を鳴らす。瞬間、庭の花々が次々に開きだした。あたり一面星の輝きに照らされながら、咲き誇る満開の花々の香りで満ちていく。

「なんて綺麗……」

「そうでしょう？　ここは、とても素敵な場所なんです」

アドニス様の言葉に、わたしは頷く。

王宮にわたしが訪れることはこれからもきっとあるだろう。この庭を見るたびに眉をひそめ、見ず知らずの男に触れられた事を思い出していたかもしれない。

けれどもう、そうはならない。

わたしがこの場所で思い出すのは、きっと今日のこの星空と花々、そしてアドニス様だけだ。

遠くで響いていたダンスの曲が、パーティー会場のように美しくこの場に流れ出す。

きっとこれも、再現魔法なのだろう。優しげなワルツの曲は、パーティーで流れた曲と同じだ。

「私と、もう一度踊って頂けますか？」

「……はい、喜んで」

アドニス様がわたしの手を引いて、くるっとターンする。

触れる指先が熱を帯び、二人だけの世界で、アドニス様を見つめる。黒曜石のような瞳が、わたしを優しく見つめ返す。

星の欠片と花弁が舞い散り、夢の世界のよう。

アドニス様にリードされながらゆっくりと踊ると、幸せな気持ちがあふれてくる。くるりと回るたびに花弁が舞い、星々が煌めき祝福してくれる。

嫌なことなど何もない。

アドニス様がいてくれるだけで、わたしは、こんなにも幸せな気持ちになれる。

身も心も軽く、軽やかな気持ちでステップを踏む。

アドニス様に触れていたい。ずっと側にいたい。

この時間が永遠に続けばいい。

「フィオーリ、私は貴方とずっと共にいたいと願っています」

アドニス様の瞳がわたしを捕らえて離さない。

ぐっとアドニス様がわたしの腰を引き寄せる。

「愛しています、フィオーリ」

耳元で囁かれる言葉に、アドニス様の吐息に、わたしはどうしていいかわからない。嬉しさがこみ上げるのに、言葉にならない。

わたしも、アドニス様といたい。ずっとずっと、このまま永遠にいられたらどんなに素敵だろう。

「アドニス様……わたしで本当によいのですか」

「貴方がいいんです。フィオーリだけが私のすべてです。私を愛してください」

「わたしも、アドニス様を愛しています。アドニス様だけを、愛しています」

「フィオーリ！」

アドニス様が私を強く、強く抱きしめる。

満天の星空と満開の花、そしてアドニス様。

幸せに包まれながら、わたし達はいつまでも踊り続けた。

「そうですか……マリーナ様は、貴族籍を剥奪《はくだつ》されて王都の修道院へ送られたのですね」

ディリス様の誕生パーティーから一か月が経《た》ち、グランゾール辺境伯の城の居間で、アドニス様はことの経緯を説明してくれた。

レンフルー男爵は妹の忘れ形見であるマリーナ様を大事に思っていたようだけれど、彼女は王女の誕生パーティーを台無しにし、公爵令嬢であるリディアナ様を大勢の前で裏切る形になったのだ。たった一人の身内であっても、レンフルー男爵だけでは庇《かば》いきることはできなかったのだろう。

本来なら処刑されていてもおかしくないぐらいの出来事だ。貴族令嬢にとっては終わりとも思える修道院行きだけれど、命が助かっただけ、かなり甘い処罰ともいえた。

「レンフルー男爵はずっと独り身でね。真面目《まじめ》で実直で、王宮文官として優秀な方だったそうだ。そんな彼が、爵位も何もかもすべて返上するから、どうか、娘の処刑だけはと涙ながらに懇願《こんがん》してね。だからいままでの働きから爵位は返上せずに済んで、マリーナ・レンフルー男爵令嬢だけの処罰になった」

アドニス様が再現したマリーナ様の過去に、レンフルー男爵は何度か現れていた。そのたびに男爵は彼女に礼儀を説いていたし、愛情をもって接していたと思う。

ただ、マリーナ様にその親心は欠片《かけら》も届かなかっただけで。たった一人の家族を修道院へ送らねばならなかったレンフルー男爵のことを思うと、胸が痛む。

一度もお会いしたことはなかったけれど、アドニス様が映し出した過去を見たことで、見知らぬ人ではなくなってしまったからかもしれないし、娘を思うあの表情が、わたしの両親とも重なるから……。

「本来なら王都から離れた修道院に収容するのが良いと思うけれどね。目の届く範囲に置いておきたいというのもあるのだろうね」

王都の修道院なら、レンフルー男爵もいつでも会える場所ではある。

人の目もあるから、そう頻繁《ひんぱん》には会えないだろうけれども。

「アドニス様がすぐにレンフルー男爵を転移魔法で呼び出されたのでしょう。死刑が決まってからでは覆《くつがえ》すことは困難ですから。でなければ、拘束されたマリーナ・レンフルー男爵令嬢に即座に死刑が下される前に、レンフルー男爵が慈悲を乞《こ》うなど不可能でしたでしょう」

うんうんと、頷《うなず》きながらアルフォンスさんがわたしとアドニス様にハーブティーを淹《い》れてくれる。最近アルフォンスさんは魔ハーブと紅茶の配分に凝《こ》りだしていて、そのうち、わたしより詳《くわ》しくなってしまいそうだ。

紅茶の香りと透明感のある柑橘系《かんきつ》の香りをかぐと、気持ちが安らぐ。

「本当なら、レンフルー男爵令嬢には死刑が妥当だと思うのだけれど……フィオーリは気に病むでしょうから」

そうね。わたしは、わたしを陥《おとしい》れた彼女が好きじゃない。彼女のせいで無実を信じてもらえず、リフォル様との縁も切られたのだから。

けれど死んでほしいとまでは思わない。わたしのせいではなく、彼女の自業自得であっても。

「リディアナ様は、どうなりましたか」

わたしにとっては恐怖の象徴だったリディアナ様だけれど、彼女もまた、マリーナ様の被害者だった。ずっと信じていた親友に裏切られた悲しみは、どれほどのものだろう。

マリーナ様の過去を知った時の、リディアナ様の表情は忘れられない。

碧《あお》い瞳から涙を零《こぼ》し、取り巻き達に連れられて行く様は普段のオーラが消え失《う》せ、ただの年下の少女のように見えた。

「リディアナ・ゴルゾンドーラ公爵令嬢は、婚約破棄されたよ」

「そんな……」

リディアナ様は、同じ公爵家のラジェスタ公爵家の方と婚約されていたはず。お互いが生まれた時からの婚約で、社交に疎《うと》いわたしでも知っていることだ。

「どうしてそんな。あの時の騒ぎには、リディアナ様の婚約者様はいらしていなかったはずです」

「最初に下された沙汰《さた》は自宅謹慎だけだったのだけれどね。男爵令嬢ごときに虚仮《こけ》にされたという事実は、噂《うわさ》好きの令嬢の間を中心にすぐに広まってしまったからだろうね」

……身に覚えがありすぎる。噂話は、その噂が面白ければ面白いほど、事実と異なっていたとしても、いいえ、事実を捻《ね》じ曲げてでも、瞬《また》く間に広まってゆくものだから。

「ですが、婚約破棄されるほどの事ではないと思います」

噂は所詮《しょせん》噂。

家同士の繋《つな》がりによる政略的契約ともいえる婚約を、そうそう白紙には戻《もど》せない。

わたしとリフォル様の婚約が噂一つで壊れてしまったのは、リフォル様のクルデ伯爵家が求めていたものが成金を払拭《ふっしょく》する『由緒正しき家柄の令嬢』だからだ。

成金の印象を変えられても、今度は悪辣《あくらつ》な悪女と婚約しているという事実が残ってしまっては無意味だった。

そして爵位こそお互い伯爵家だったけれど、国においても宮中においても何の発言権もない貧しいファルファラ伯爵家と、多大な寄付金を国庫に納め、王の信頼も寄せられ始めたクルデ伯爵家とは、天と地ほどの差があった。

だからこそ、クルデ伯爵家からの一方的な婚約破棄も成立したのだ。

けれど、リディアナ様のゴルゾンドーラ公爵家と、元婚約者のラジェスタ公爵家は同格だ。

多少の瑕疵《かし》がある程度では、そうそう婚約破棄はできないはず。

「もともとラジェスタ公爵家としては、リディアナ嬢ではなく王家の血をより強く感じさせる彼女の妹君と婚約を結びたかったようだからね。ゴルゾンドーラ公爵家としても、今回のことでラジェスタ公爵家に借りを作るよりも、婚約者の変更に応じたのだろうね」

ゴルゾンドーラ公爵家は、現国王様の妹君が降嫁《こうか》されている。リディアナ様以外は皆お母様似で、王家によく似た顔立ちだと思う。

けれどリディアナ様は、髪の色以外はお父様のゴルゾンドーラ公爵様に似ている。

婚約は家同士のものだから、リディアナ様と破棄しても妹君が婚約者となるなら、問題はなくなるのだろう。そこに、婚約者同士のお互いの気持ちを加味しないのであれば、だけれど。

「次の婚約はすぐには決まらないだろうね。年頃の貴族子息にはすでに婚約者がいる。彼女が嫁げるとしたら伯爵家以下の後妻か、他国へ嫁ぐしかないでしょう」

ずっと婚約できなかったアドニス様の言葉には説得力がある。年頃の貴族子息子女には婚約者がいることが多い。公爵令嬢のリディアナ様と釣り合う身分となると、より一層難しくなる。

わたしの家のような貧乏伯爵家だと、その限りではないのだけれど……。

「私としては、他国に嫁いで、二度とこの国に戻ってこないでほしいところです」

「なぜですか？」

「そうすれば、二度とフィオーリを苦しめることができないでしょう」

真顔で言い切るアドニス様に、頬が熱くなる。

確かに、わたしはリディアナ様には苦しめられた。彼女がもう少し、周りを見てくれていたなら。マリーナ様の虚言と甘言に惑わされることなく動いてくれていたなら。

わたしが悪女として蔑《さげす》まれ、婚約破棄され、辺境に嫁がされることにはならなかった。

けれどその場合、わたしはアドニス様と一生出会えなかったはず。

「彼女は、二度とわたしを陥れようなどとはしないと思います。もし、しようとしても、成功しませんし」

「そうでしょうか」

「はい。だって、わたしには、アドニス様が側《そば》にいてくれますから」

「……っ！」

言い切るわたしに、アドニス様の顔がみるみる赤く染まっていく。耳まで真っ赤だ。

そんなわたし達を穏やかに見守りながら、アルフォンスさんが追加のお茶を注いでくれた。

◇◇◇◇◇

リン、ゴーン……

リン、ゴーン……

グランゾール辺境伯領に、教会の鐘の音が響き渡る。

澄んだ音色は、青い空に吸い込まれるよう。

「さぁ、最愛の花嫁様。お手をどうぞ」

真っ白いタキシードを着たアドニス様が、わたしに手を差し伸べる。

その手に、わたしは高鳴る鼓動と共に手を添える。

今日は、わたしとアドニス様の結婚式。

この日のためのウェディングドレスは、アドニス様が選んでくれた。

真っ白なドレスに身を包み、アドニス様と共に、教会へ歩き出す。

辺境伯領の教会の前では、アルフォンスさんをはじめとしたグランゾール辺境伯領の使用人達、そして領民までもがずらりと並び、わたし達を出迎えてくれた。

その中には、ファルファラ伯爵家の面々もいる。

アドニス様が、皆を結婚式に呼んでくれたからだ。ファルファラ伯爵家の経済事情を知ったアルフォンスさんからの口添えもあり、旅費もすべてアドニス様が請け負ってくれた。

家族だけでなく、使用人達までも招いてくださったことに、感謝の念がつきない。

最初は、誰一人、わたしを出迎えてはくれなかった。

ぽつんと辺境伯領の城の前に佇《たたず》んだのは、いつのことだったろう。

ほんの数か月前の出来事なのに、いまでは遠い昔のよう。

こんなにも、皆がわたし達の幸せを願ってくれている。

笑顔で手を振る皆に、わたしも笑顔を向けた。

アドニス様が、手を挙げてぱちりと指を鳴らす。

「わぁっ……っ！」

教会が月光花《げっこうか》に埋め尽くされていく。まるであの春の夜を映した森の中のよう。

月光花が次々と光を放ち、あたり一面、光の洪水《こうずい》だ。

神父様が、穏やかな笑みを浮かべ、わたし達に問いかける。

「アドニス・グランゾール。貴方《あなた》は、フィオーリ・ファルファラを病める時も健《すこ》やかなる時も悲しみの時も喜びの時もこれを愛し、敬い、共に助け合い、永遠に愛することを誓いますか？」

「はい、誓います」

「フィオーリ・ファルファラ。貴方は、アドニス・グランゾールを病める時も健やかなる時も悲しみの時も喜びの時もこれを愛し、敬い、共に助け合い、永遠に愛することを誓いますか？」

「はい、誓います」

神父様の手にする誓約書に、アドニス様とわたしの名前が記された。

ふわりと誓約書が空に浮かび上がり、祝福を宿す金の光に包まれる。

金の光が輪になって、二つの指輪を作り出した。

「覚えていますか？　冬希祭《とうきさい》で指輪を贈ると、その二人は生涯幸せに暮らすという話を」

「アドニス様が作ってくれたお話ですね」

そんな風になれたらいいと、あの時も思った。

けれどいまはあの時よりも、もっとずっと強く願っている。

もうアドニス様から離れて暮らす世界など、思うことができないほどに。

アドニス様が、指輪を一つ手に取り囁《ささや》く。

「愛しています、心から」

「わたしもです」

アドニス様がわたしの薬指に指輪を嵌《は》めてくれる。わたしも、アドニス様の薬指に指輪を嵌めた。お互いの薬指に煌《きら》めくそれは、二つで一つの形になるように作られている。

「では、誓いのキスを」

神父様に促《うなが》され、アドニス様と二人、向かい合う。

黒曜石のようなきらきらとした黒い瞳が、わたしを映した。

きっと、わたしの瞳の中には、最愛のアドニス様が映っていることだろう。

わたしは、そっと、瞳を閉じた。

fin

あとがき

初めまして。もしくはこんにちは。霜月雫です。この本はわたしの二冊目の著書となります。

前作の『悪役令嬢の兄になりまして』はほのぼのコメディでしたが、今回は王道恋愛ものです。読んでくれた皆様が、主人公のフィオーリと共に少しでも幸せな気持ちになって頂けたら幸いです。

今回挿絵を描いて下さった一花夜先生。以前から好きなイラストレーター様だったので、担当様からお名前を伺った瞬間、思わず変な声が出そうなぐらい驚きました。透明感のある美麗なイラストをありがとうございます。

また、担当H様。プロットから見てくださり、初の書き下ろし作品で緊張して迷走するわたしを、丁寧に優しく面倒みて下さり、本当にありがとうございます。打ち合わせの電話がいつも楽しかったです。

願わくばまた、次の本を皆様にお届けできることを願いつつ……皆様、本当にありがとうございました！

IRIS
ICHIJINSHA

嵌《は》められましたが、幸《しあわ》せになりました
傷物令嬢《きずものれいじょう》と陽《ひ》だまりの魔導師《まどうし》

2022年7月1日　初版発行

著　者■霜月 零
発行者■野内雅宏
発行所■株式会社一迅社
〒160-0022
東京都新宿区新宿3-1-13
京王新宿追分ビル5F
電話03-5312-7432（編集）
電話03-5312-6150（販売）
発売元：株式会社講談社
（講談社・一迅社）

印刷所・製本■大日本印刷株式会社
DTP■株式会社三協美術

装　幀■世古口敦志・前川絵莉子
（coil）

ISBN978-4-7580-9470-2

●この作品はフィクションです。実際の人物・団体・事件などには関係ありません。

この本を読んでのご意見
ご感想などをお寄せください。

おたよりの宛て先

〒160-0022
東京都新宿区新宿3-1-13
京王新宿追分ビル5F
株式会社一迅社　ノベル編集部
霜月《しもづき》 零《れい》 先生・一花《いちげ》 夜《よる》 先生